歸來最美的宋詞

文泉
清華

歸來最美的宋詞

李顏壘 著

煙花詞酒華年裡，
滿園風流關不住

目錄

序 如果活在宋詞裡 …… **002**

第一章 詞茶歌酒之流年 …… **008**

詞酒流年裡，風月共醉 …… 010

龍焙今年絕品，溢出多少風流 …… 016

詞牌如歌，靜唱紅塵 …… 024

追憶歌搧風情 …… 030

第二章 盛世繁華，錦上花正濃 …… **036**

夜深燈火，一窗旖旎繁華 038
追憶上元佳節，那時青春 045
緩歌低笑，醉向花間倒 053
煙波渺渺，風流滿園關不住 061
依然嗅到洛陽的芳菲 066
第三章 眉黛淺處美女香 074
低眉豔遇，滿城桃花緣 076
輕紗是時光最美的綴飾，誰人不愛 084
藝伎一顰一笑一嫵媚，打濕心情 090
秦樓楚館的曖昧與柔情 097
第四章 天上人間，傾世愁情 104

Contents

一段淺斟低唱，隨春水向東流 …… 106
小園香徑獨徘徊，小園香徑香如故 …… 112
滄桑月光下的心事 …… 119
詩情皇帝，多少年華可以揮霍 …… 127
聽一場雨，觀照一次人生 …… 134
第五章 牽了情絲，串起紅豆 …… 140
多少紅塵深景，沉醉如隔世花影 …… 142
幾年離索，最絕美的相思情 …… 152
用情深處，情郎多念舊 …… 159
江水滔滔，相望於長江尾 …… 165
第六章 山水有清音 …… 172

再見西湖時光，打濕心緒 174
田園，你心中最美的期盼 179
衣暖，菜香，自我快意時光 183
仙跡就是轉彎處露出的春芽 193
清淺時光裡旅行的意義 198
第七章 金戈鐵馬看佳話 204
擷株秋葉，山高水長 206
釋兵權，一壺酒開啟詩酒人生 213
駕長車嘆息，將心事付於流年 220
英雄暮歌，年月瑣碎 229
醉裡挑燈看劍，一場鏡花水月 237

Contents

序 如果活在宋詞裡

讀歷史的評價，學者們好像對宋代並沒有多少好感：積弱、積貧、經常打敗仗……但是說到文學，說到藝術，在風雨飄搖的歷史之外，學者們那莫名的熱情卻又洋溢起來，一點也不吝惜將讚美的詞句給他們心目中的作者：歐陽脩、蘇東坡、黃庭堅、周邦彥、柳永、陸游、辛棄疾、李清照……每個人穿越在詞曲裡不同尋常的生命韻律與藝術情趣，的確讓我們感動不已

——在沉沉暮靄中遠去的一葉小舟；在夜深人靜的庭院中幽幽地傳來的琴簫之音，或者嘆息；一支被點燃的紅燭，或者才被吹滅；一封剛剛寫完，墨跡都還沒乾透的書信；推開窗，外面是滴滴春雨，或者瀲灩春陽；疊起一件青衫，隱約還殘留著淚痕；深巷裡，被時光打磨得發亮的石板路；撲打流螢的輕羅小扇……

哪怕僅僅是靜寂。

詞的意象太多了，多到無法窮盡。

想像吧，陶醉吧，時空流轉的剎那，竟然不知今夕何夕。

我甚至還想，宋代的春夏秋冬，大約也比現在的春夏秋冬可愛吧。現在的四季，不過是氣象主播的零上或零下，有風無風；而宋代的春夏秋冬，卻將他們的美麗與哀愁盛得滿滿。

春天來了，他們可能無法像現在人一樣，明確知道溫度是攝氏幾度，在他們的眼中，就是花開了、花謝了；溫度計上的數字無法表達人情冷暖，但舊時天氣舊時衣，卻綴滿了感人至深的記憶，與枝頭的春花一起，佳人、少年，淚共階前雨；或者豁達如酒後微醺的蘇東坡，會在春天的夜裡閒逛，看看月亮旁邊的幾絲微雲，腳下是淺淺流動的溪水，走累了，他乾脆就躺到芳草之上，思索一闋新詞——「緩步困春醪，春融臉上桃」（〈菩薩蠻〉），春天酒後的感覺太迷人、太生動、太可愛！

夏天，雖然同樣會有悶熱潮濕的暑氣，但難以入睡的詞人，卻將此時的心境寫進新詞裡：「燎沉香，消溽暑，鳥雀呼晴，侵曉窺檐語。」（周邦彥〈蘇幕遮〉）熱鬧的夏日同，倒是難得的愜意。

人生最苦的是別離，而別離最多在秋天。不論是誰，每一次別離，心頭都會留下一個難以平復的傷痛。詞人的創作，正是要把這痛苦寫出來，在字詞裡隱隱作痛、反覆吟誦：「便縱有，千種風情，更與何人說？」（柳永〈雨霖鈴〉）

宋人寫詞，就是寫生活裡的方方面面：愛過、恨過、纏綿過、糾結過、掙扎過，將生命織成一片美麗的雲朵。

宋詞就是他們的生活，是歷史、是情史、是軼事，它深刻地觸動讀者的心靈，千餘年前的喜怒哀樂，歷歷在目。

說到生活，就更讓我們陶醉了。他們和我們一樣，也飲酒、品茶、逛街、下棋、彈琴、唱歌、購物……不同的是，他們的生活遠比我們精緻、華麗得多，美到極致！

宋詞的美麗，源於生活的豐富多彩；而一千多年過去了，打開任何一種版本的宋詞，清詞麗句，仍然讓我們感動。山東人王千秋在詞人中不算有名，他流寓金陵時參與過幾次富貴人家的茶宴，他在〈風流子〉一詞中寫道：

夜久燭花暗，仙翁醉、豐頰縷紅霞。正三行鈿袖，一聲金縷，卷茵停舞，側火分茶。笑盈盈，濺湯溫翠碗，折印啟緗紗。玉筍緩搖，雲頭初起，竹龍停戰，雨腳微斜。

清風生兩腋，塵埃盡，留白雪、長黃芽。解使芝眉長秀，潘鬢休華。想竹宮異日，袞衣寒夜，小團分賜，新樣金花。還記玉麟春色，曾在仙家。

你看：燭花、紅霞、鈿袖、翠碗、緗紗、春色……一樣樣、一件件，哪個不是精緻得讓今人無法想像？

宋人的詞告訴了我們，人的心有多柔軟、多無奈、多想念，同時也對我們訴說：應該怎樣過生活。讓我們以一盞被淚與愛沾濕的陳釀，向世界另一邊的詞人舉杯！

劉墨

第一章 詞茶歌酒之流年

璀璨盛世，繁華如斯，陽光溫熱，怎敢老去？這樣的景，這樣的人，這樣的閒暇，這樣的時光，或許才能刻劃出宋人的風情。詞茶歌酒，與流年相見甚歡，這份美好被永遠定格在了宋朝。

詞酒流年裡，風月共醉

酒後的蘇東坡，一個人，一匹馬，在春天的夜裡閒逛，腳下是淺淺流動的溪水，月亮旁有著幾絲微雲。「緩步困春醪，春融臉上桃」（〈菩薩蠻〉），走累了想要小憩，他下馬躺在芳草上，思索起一闋新詞；

晏殊呢，喝了一小杯美酒後說：醉了，睡覺去！「綠酒初嘗人易醉，一枕小窗濃睡」（〈清平樂〉），一枕濃睡醒來，已是夕陽西下，不知他在夢中是否想好了如何表達醉意？

酒與宋詞，是剪不斷的情緒，注定連在一起。

燈紅酒綠、處處笙歌，怎能無酒？就連老夫子司馬光也不免要作一闋〈西江月〉抒發一下：「寶髻鬆鬆挽就，鉛華淡淡妝成。輕煙翠霧籠輕盈，飛絮游絲無定。相見爭如不見，有情何似無情。笙歌散後酒初醒，深院月斜人靜。」

平時一本正經的儒家大師，歡樂聚會上也多喝了幾杯，喝了酒恍惚飄忽，也覺得跳舞的姑娘色藝可愛，而牽起情思：

此夕幾年無此晴，碧天萬里月徐行。
官壚賣酒傾千斛，市裡行歌徹五更。
潼酪獨烹僧缽美，琉璃閒照佛龕明。
頹然坐睡君無笑，寶馬香車事隔生。

這就是宋代的社會生活：生活穩定，處處有酒，即便是窮鄉僻壤，三里五里，都必有酒旗招搖，人們對酒的需求不斷增加；農業生產力提高，糧食產量豐厚，國庫糧食收入的三分之一，都拿來釀酒，酒坊十里內瀰漫酒香，迷醉多少詞人。

從陸游這首〈丁未上元月色達曉如晝予齋居屬貳車領客〉的詩中可看出，當時人們的日常飲食、交際宴請、饋禮酬答，都離不開酒，造酒、賣酒也是國庫的重要收入來源。

「官壚賣酒傾千斛」，除了賣官酒，當時還讓官伎們當壚賣酒——這事兒王安石變法時做得最勤快，他命令把酒肆建到城門口，讓一群濃妝豔抹的美女在前頭歌舞，有老百姓出城，就上來拋媚眼、拉拉扯扯：賣酒了、賣酒了……

其實不用如此煽情，人們也趨之若鶩。「不向尊前同一醉」（〈破陣子〉）、「相看莫惜尊前醉」（〈鵲踏枝〉）、「一曲新詞酒一杯」（〈浣溪沙〉）。那麼多人喝酒，怎麼會沒有喝酒高手？唐代李白被譽為「醉仙」，白居易自稱「醉尹」，連皮日休也獲得「醉士」的雅號；那麼在飲酒成風的宋代裡練就出來飲酒大師，應不比唐人遜色。

宋代飲酒的第一號名家，應該是以詩酒豪放自詡的石延年。他的詩，風格奇峭深美，比如〈寄尹師魯〉：「十年一夢花空委，依舊山河換桃李。雁聲北去燕西飛，高樓日日春風裡。眉比石州山對起，嬌波淚落汝如洗。汾河不斷天南流，天色無情淡如水。」他喝酒的方式也十分怪異：披頭散髮，赤腳戴枷而飲，叫做「囚飲」；坐於枝頭上飲酒，叫做「巢飲」；用槁草捆紮於身，伸頸而飲，飲後復縮進草束之中，叫做「鱉飲」，不免狂放得有些病態。

石延年的酒興與酒量，更是人人甘拜下風。他在海州任通判時，另一位飲酒能手劉潛專程來訪，石通判又回訪劉潛的船。兩人對飲，從白天喝到半夜；眼看酒罈快要見底，一時又難上岸買酒，便在船上尋了一斗醋，摻入酒裡喝。第二天一早，酒與醋全都喝光，仍沒有分出勝負，只好相約再戰。

後來兩人到東京城的王家酒店對飲，一整天只喝酒不說話，天黑後兩人也都沒有醉意，相揖而去。最後誰贏了，史書沒記載，我們只須知道這妙趣橫生的故事就好了。

喝酒怎會沒有行酒令？對於宋人而言，他們不但在飲酒中尋求歡樂和刺激，還往往將自己對酒的見識，透過行酒令表述出來，而後再由行酒令發展到

「小詞」、「散曲」等。這是一種文人交往、酬酢的小雅文化，即由「鬥酒」到「鬥才」，鬥出了一種生活情調，是俗態中的風雅。

大文豪歐陽脩與友人飲酒行令，要求每人作的兩句詩必須觸犯刑律。其中一人說：「月黑殺人夜，風高放火天。」另一人說：「持刀哄寡婦，下海劫人船。」一輪到歐陽脩，他慢條斯理地說：「酒黏衫袖重，花壓帽檐偏。」眾人一聽，大惑不解，問他為何詩中沒有犯罪內容，他說：「喝酒都喝成這樣，再嚴重的刑律都能犯下了！」眾人遂相視大笑。

如此，推杯換盞間填寫的詩詞，怎能不帶著酒味？你看，那詞牌本身就沾染著酒水：〈醉梅花〉、〈調笑令〉、〈天仙子〉、〈水調歌頭〉、〈荷葉杯〉、〈醉公子〉……

黃菊枝頭生曉寒，人生莫放酒杯乾。風前橫笛斜吹雨，醉裡簪花倒著冠。身健在，且加餐。舞裙歌板盡清歡。黃花白髮相牽挽，付與時人冷眼看。

從這一闋〈醉梅花〉，看看詞人黃庭堅喝成了什麼樣子！不但酒杯不離手，一口氣喝醉，還帶著菊花滿城奔跑，那是怎樣的場景？文人士大夫飲酒作樂，司空見慣，而女子飲酒在當時也是常有之事；愛喝酒的歐陽脩還記敘了這樣一個故事：

> 花底忽聞敲兩槳，逡巡女伴來尋訪。酒盞旋將荷葉當，蓮舟蕩，時時盞裡生紅浪。
>
> 花氣酒香清廝釀，花腮酒面紅相向。醉倚綠陰眠一餉，驚起望，船頭擱沙灘上。

採蓮的人兒盪舟嬉戲，興致濃時，摘下荷葉當酒盞酣暢一飲，船兒一搖晃，酒盞也跟著晃動；酒氣荷香共芬芳，花面人面相映紅，酒足人自醉，那就需要小憩片刻；待到醒來一看，自己的小舟已擱淺在沙灘上了。採蓮女的歲月靜好，還驚起了女詞人李清照的「一灘鷗鷺」，她的〈如夢令〉，也是在「沉醉不知歸路」的狀態下揮毫完成。

李清照酒後之作不比任何一個男詞人差，不信，讓宋代的男女詞人都聚到一起飲酒，醉後比試一番。而詞人都拋棄成見，只是喝一場酒、賦一闋詞，這也定是歷史塵埃中最美的場景之一。

龍焙今年絕品，溢出多少風流

元朝的張可久在散曲〈人月圓．山中書事〉中，後半首寫到：「數間茅舍，藏書萬卷，投老村家。山中何事？松花釀酒，春水煎茶。」真是太

＊ 意古不隨天下春

令人嚮往了。山中何所有？有茶書詩酒、松雲泉石，靜如太古的歲月；三月有煙光草色、落花啼鳥，春睡既足，就汲泉採花、煎茶釀酒，簡直是神仙生活。

但事實上，常年做下級官吏的張可久恐怕無法享受這種生活，他述說的是一種願望；不過他的願望宋人達到了，寫這支小令也許是在羨慕宋朝吧。

唐朝出了「茶聖」陸羽，中國茶文化已在當時達到鼎盛，似乎已經被文人們品得不能再講究了：水的沸騰度、湯花的綿厚度，都有很多訣竅，繁複的工序讓人眼花撩亂；但其實，到了崇尚雅意的宋人這裡，茶的講究才真正開始。

宋朝繁華，製茶工藝大有提升，宋太祖趙匡胤嗜飲茶，在宮廷中設立茶事機關，宮廷用茶有了分級，茶儀成為禮制，賜茶已成皇帝籠絡大臣、眷懷親族，甚至向國外使節示好的重要手段，文官集團中出現了「湯社」等專業品茶社團；至於民間，茶文化更是生機盎然，有人遷徙搬家，鄰里要「獻茶」，有客來，要敬「元寶茶」，訂婚時要「下茶」，結婚時要「定茶」，同房時要「合茶」，親友聚會更離不開茶會，社會生活的每個角落，都飄浮著茶的清香。

單說採茶的講究，就勝唐朝一籌：採茶的人須五更天上山採摘，醞釀著春的氣息，讓人薰陶其中；而太陽出來前即要收工，因未受過日照的嫩芽最為滋潤，集天地靈氣之精華——就是這樣的新茶，在宋代社會備受追捧。

而在眾多的採茶工序後，煎茶更是技高一籌：

龍焙今年絕品，谷簾自古珍泉。
雪芽雙井散神仙。苗裔來從北苑。
湯發雲腴釅白，盞浮花乳輕圓。
人間誰敢更爭妍。鬥取紅窗粉面。

蘇東坡無疑是性情中人，也是喝茶的高手，他用陳年的雪水煎茶，煎至合宜的程度後，再沖入盛放茶膏的茶盞，等著雪白的泡沫高高浮起；而面對此等令人期待的情境，詞人自然是難以形容的欣喜。

細細品味，此樂何極？

想來，有閒才能品茶，而在舉國都閒的情景下，生活慢起來，慢到什麼都不再重要、不再去理會了。國都亡掉了，即使遷至臨安，茶樓依然甚多，人們約會相聚，大多邀於茶樓。與北宋相比，南宋社會各階層飲茶風氣更盛，將宋代的茶文化推向極致，南北飲茶文化的交流，使臨安城中酒肆、茶坊遍布坊巷，而以此為中心發展出茶肆文化。

當然，茶的品位與茶肆都有分級：皇帝、大臣、文人雅士，士卒、平民，都有屬於自己的場所，聊以點綴生活。

飲茶風氣的普及，將宋代的茶文化推展到藝術化的高級階段。兩宋以茶為主題的詩作屢見不鮮，其中描寫飲茶勝境的佳句更是層出不窮，如范仲淹的「鼎磨雲外首山銅，瓶攜江上中泠水。黃金碾畔綠塵飛，碧玉甌中翠濤起」

（〈和章岷從事鬥茶歌〉）；林和靖的「瀹瀹藥泉來石竇，霏霏茶靄出松梢」、「閣掩茶煙晚，廊回雪溜清」（〈湖山小隱二首〉）；陸游的「青雲腴開鬥茗，翠罌玉液取寒泉」（〈晨雨〉）；范成大的「煩將煉火炊香飯，更引長泉煮鬥茶」（〈題張氏新亭〉）等等。泡茶時，湯水蒸騰的氤氳之氣，齒頰留下的茶香，以及茶湯沁入肺腑的溫馨感受，給宋人帶來了充分的愉悅。

不但品味生活，還要作為娛樂玩出花樣，比如行茶令。浙江樂清人王十朋在《梅溪文集》中說道：「予歸，與諸友講茶令，每會茶指一物為題，各舉故事，不通則罰。」所舉故事，都要與茶有關，答錯則輸；輸者只許聞茶香，眼睜睜看著別人飲茶。宋代濟南女詞人李清照，常與其丈夫——著名的金石學家趙明誠行茶令，而十有八九都是趙明誠敗北。

宋人飲茶，甚至還能出魔術，這就有了分茶——往茶碗裡沖水的同時，用調茶工具撥弄，使茶湯表面的泡沫幻化成鳥獸蟲魚、花草、流雲等圖案：

分茶何似煎茶好，煎茶不似分茶巧。
蒸水老禪弄泉手，隆興元春新玉爪。
二者相遭兔甌面，怪怪奇奇真善幻。
紛如擘絮行太空，影落寒江能萬變。
銀瓶首下仍尻高，注湯作字勢嫖姚。

楊萬里的這首〈澹庵坐上觀顯上人分茶〉寫得神乎其神，在這場茶藝表演中，細膩的末茶與水相遇，在黑釉的兔毫盞上幻化出千奇百怪的畫面，如紛雪行太空，又如泉影落寒江；有時像淡雅疏朗的丹青，或勁疾灑脫的草書。到如此境界，這位分茶者顯然是位老手。

山東人王千秋流寓金陵時，曾參與過幾次富貴人家的茶宴，填出了一闋更為形象的〈風流子〉：

夜久燭花暗，仙翁醉、豐頰縷紅霞。正三行鈿袖，一聲金縷，卷茵停舞，側火分茶。笑盈盈，濺湯溫翠碗，折印啟緗紗。玉筍緩搖，雲頭初起，竹龍停戰，雨腳微斜。

清風生兩腋，塵埃盡，留白雪、長黃芽。解使芝眉長秀，潘鬢休華。想竹宮異日，衮衣寒夜，小團分賜，新樣金花。還記玉麟春色，曾在仙家。

富貴人家的夜宴，酒闌歌舞歇，正是分茶時，主持分茶的還是位美女；她技藝高超，笑語盈盈，不慌不忙，纖如玉筍的手下，起落間有雲起龍飛之妙。這樣的茶湯，喝下去後真是清風生兩腋，簡直能讓人永保青春。那如此精絕的小團茶，又從哪裡來？自然是皇上御賜的；而這茶樹的種子，是仙人家裡的。這場浩大的分茶情境，反映著宋代人心目中的極品人生：既富且貴，青春長駐，紅袖添香，還要閒適風雅。

既然說到：茶葉是皇帝御賜的。那麼分茶中真正的絕頂高手，自然要數當時的皇帝——宋徽宗趙佶。他的寵臣蔡京在〈延福宮曲宴記〉中，記述了這樣一件事：「宣和二年（公元一一二零年）十二月癸巳，召宰執親王等曲宴於延福宮……上命近侍限茶具，親自注湯擊拂，少頃白乳浮盞面，如疏星朗月。顧諸臣曰：『此自布茶。飲畢皆頓首謝。』」徽宗親自分茶讓群臣觀賞，日月星辰都在茶盞中展現，似乎是一位印象派大師的傑作，這也許稱得上是分茶的最高境界吧。

＊ 誰與共清芬

宋朝人就是這樣，在回味無窮的品茶中，度過了數個春秋，風華了一個朝代，對於現代人快速的生活節奏來說，學習宋人品茶，倒是一種調節的好方法——那就用青瓷沖一盞香茶，在茶香與瓷香交融間，且當一回宋代人吧。

一壺好茶，就可解萬霎憂愁，心情也頓時開朗許多。

詞牌如歌，靜唱紅塵

就像一種天生的愛戀：蝴蝶生來，就注定要戀上花的顏色與香氣；而花，也必定會吸引穿梭其中的蝴蝶——這是看到宋詞詞牌〈蝶戀花〉時，多數人的想法。蝶繞花叢，一種相愛，處處閒情，讀來是否亦覺心旌搖曳？

宋詞是歌，而你是否還記得？學者李元洛曾對詞牌做過統計，而這些詞牌的命名，背後都有一則美麗的故事。即使我們無法聽到詞人與歌女的唱和，但那些淒絕美絕的詞牌名，早已在讀者眼前迎風吐蕊，美如繽紛的落英。

讀宋詞，又怎能躲開〈燭影搖紅〉：暮色降臨後點燃燭火，詞人對影小酌，微弱的燭火時常風搖影動。

燭影搖紅，向夜闌，乍酒醒、心情懶。尊前誰為唱〈陽關〉？離恨天涯遠。無奈去沉雨散。憑闌干、東風淚眼。海棠開後，燕子來時，黃昏庭院。

夜闌人靜，萬籟俱寂，女主角剛剛酒醒；醉眼迷離的看著室內，見到紅燭搖曳，不禁心思慵懶。這是北宋詞人王詵賦予燭影搖紅的意境；但如今，夜晚的城市已被各種電燈、綵燈、日光燈和霓虹燈填滿，夜晚也宛如白晝，怕是找不到若明若暗的曖昧、尋不回古典的燭影搖紅了；唯有在夢中才有可能重現。

〈燭影搖紅〉這個詞牌，還有許多別名：如〈憶故人〉、〈歸去曲〉、〈玉珥墜金環〉、〈秋色橫空〉等等，但諸多別名都遠不及正名有意境；吟誦王詵的〈燭影搖紅〉，進入宋代那燕子飛舞的院落，為之心蕩神馳。

秋波流轉、眉眼盈盈，是詩詞家心中最動人的畫面。歡悅時是美目盼兮，憂愁時是「目眇眇兮愁予」（〈湘夫人〉），詞牌也注定躲不開〈眼兒媚〉。

〈眼兒媚〉詞牌，與王安石兒子王雱一闋抒發相思之情的詞有關：

> 楊柳絲絲弄輕柔，煙縷織成愁，海棠未雨，梨花先雪，一半春休。而今往事難重省，歸夢繞秦樓。相思只在，丁香枝上，荳蔻梢頭。

宋代風氣開放，賞春樂游之事平常，時近清明，花嫣柳豔，乍暖還寒。王雱巧遇翰林學士龐公之女龐荻，彼此一見鍾情，又門當戶對，自是一段好姻緣，雖然龐公與王安石政見不一致，但兩家還是結了親；王雱雖英俊，但身體羸弱，夫妻最終分居。後來龐荻奉王安石之命改嫁，嫁給神宗的弟弟，也是王雱的好友，昌王趙顥。據說龐荻再婚時，王雱病危，彌留中寫下這闋詞，不久去世。

王雱為什麼會把詞牌命名為〈眼兒媚〉呢？是因為龐荻有一雙秋水般的眼睛嗎？更多的原因，恐怕是抒發與情人的離愁別緒，因此，他首先就想到了對方的泱泱淚水。君淚盈，妾淚盈，「羅帶同心結未成」。那樣一朵嬌嫩的海棠花，實不忍她兀自萎謝，王雱為了妻子的終身幸福，最終強迫她別嫁。

這段故事，讓人很是感慨。龐荻在王雱生前就別嫁，而非被休，在當時幾近驚世駭俗，可見王安石父子對龐荻的一番用心，已然超越了時代的人文精神，「眼兒媚」也就有了更深遠的意義。

詞牌中最美的，當然還有〈暗香疏影〉。

「梅」的芳名，在詩詞中早已出現了。陸凱在他的〈贈范曄〉中寫道：「折梅逢驛使，贈與隴頭人。江南無所有，聊贈一枝春。」為梅花做了精彩的出場。送你一枝梅，好讓你收到時，眼前綻放出一整個春色；梅開後即為春，梅從此與春天聯繫在一起。自此後，梅花便在中國詩文中倚雪而笑，在朝朝代代都隨風飄香。

比梅花還美的，就是梅的影子了。北宋詠梅的詞人不少，卻數林和靖寫得最多且最佳，這位愛梅、愛鶴成癖的隱士，甚至因為看梅「連宵不返」。他一生的詠梅詩當不在少，但卻沒有藏之名山的願望，因而隨寫隨棄；不過，仍有著名的〈山園小梅三首〉流傳至今，其中第三首，又當為詠梅之冠：

眾芳搖落獨暄妍，占盡風情向小園。疏影橫斜水清淺，暗香浮動月黃昏。霜禽欲下先偷眼，粉蝶如知合斷魂。幸有微吟可相狎，不須檀板共金樽。

稀疏偏斜的梅影，映在清淺的水底；月色朦朧下，飄散著淡淡的梅香。寒雀飛落時，都忍不住窺看一眼，而蝴蝶若知曉梅花的妍美，定會消魂失魄——於是，〈暗香疏影〉的詞牌就在寒雀與蝴蝶後橫空出世。到了南宋，它還啟發了白石道人姜夔的詩情，分拆為〈暗香〉與〈疏影〉兩個詞牌，燦如珠玉。

舊時月色，算幾番照我，梅邊吹笛？喚起玉人，不管清寒與攀折。何遜而今漸老，都忘卻、春風詞筆，但怪得、竹外疏花、香冷入瑤席。江國，正寂寂。嘆寄與路遙，夜雪初識。翠尊易泣，紅萼無言耿相憶。長記曾攜手處，千樹壓、西湖寒碧。又片片吹盡也，幾時見得？

苔枝綴玉，有翠禽小小，枝上同宿。客裡相逢，籬角黃昏，無言自倚修竹。昭君不慣胡沙遠，但暗憶、江南江北；想佩環、月夜歸來，化作此花幽獨。猶記深宮舊事，那人正睡裡，飛近蛾綠。莫似春風，不管盈盈，早與安排金屋。還教一片隨波去，又卻怨、玉龍哀曲。等恁時、重覓幽香，已入小窗橫幅。

如果林和靖有知，該會欣然同意姜夔借用他的美辭作為詞牌。當時姜夔於范成大的石湖之畔做客：正是臘梅初放之日，二人少不了吟詩作賦。前人詠梅，梅花的意象不外乎隱者；姜夔則多寫與梅相關的美人。范成大命家中樂工、歌伎演奏歌唱，歌女小紅十分鍾愛這兩首新詞；待姜夔返鄉，愛才的范成大成人之美，將小紅贈之為妾。姜夔是一位才華俊發的文士，卻終身潦倒；小紅色藝雙全，喜愛他的舊作與新詞，可算是風塵中的紅顏知己。二人在隨後的生活中多有唱和，這美談使得〈暗香疏影〉更添幾許旖旎。

詞牌美之又美，隨手拈來，似乎就會乘一葉輕舟徐徐靠岸；隨意拿起一本宋詞，單是看那琳瑯滿目的詞牌名，就足以使人心蕩神馳了。

追憶歌搧風情

世間尤物意中人。輕細好腰身。香幃睡起，發妝酒釅，紅臉杏花春。嬌多愛把齊紈扇，和笑掩朱唇。心性溫柔，品流閒雅，不稱在風塵。

柳永的意中人是什麼模樣？這首〈少年游〉已明明白白地告訴我們：我的意中人是一位絕代佳人，有著纖細的柳腰。當她從芳香的帷帳中睡醒時，粉嫩的臉頰猶如春天盛開的杏花；撒嬌時喜愛把玩潔白的團扇，笑時便拿團扇遮掩朱唇。性情溫柔，安閒文雅，與風月女子的身分不相稱。

不知柳永一生是否有尋覓到這樣的女子？倒是詞中女子把玩團扇的形象深入人心，一時掀起舞扇的風潮；而借助扇子，的確能塑造出更美的意境。詞人陳允平也填過一闋〈少年游〉：

「翠羅裙解縷金絲。羅扇掩芳姿。柳色凝寒，花情殢雨，生怕踏青遲。」

仕女們素手執扇，半遮笑靨，眉目間竟因「藏」，更「顯」秋波蕩漾；扇子上再點兩筆硃砂，染團胭脂，或是富貴牡丹，或是出水芙蓉，展現一幅花好月圓之景；那纖巧的紈扇只消輕輕一揮，不知能讓多少豪傑為之傾倒？

女子執拿的是宋朝流行的團扇，也就是古代仕女圖中，常看到的滿月形、橢圓形的扇子。扇上有柄，扇面一般都由絲絹製成，精細輕巧，更多的時候是一種裝飾品，並常伴隨著舞衣出現。

詩人徐陵在〈雜曲〉中寫道「舞衫回袖勝春風，歌扇當窗似秋月」，讚美六朝陳後主與張貴妃游宴時，歌姬歌舞的美妙情景：水袖與春風、團扇與明月，如此形象的比喻，使歌舞的場景歷歷在目。

「舞衫歌扇，何人輕憐細閱？」

大音律家周邦彥沉迷於舞衫歌扇、紅牙拍板，這些情景都留在他的〈華胥引〉中：「點檢從前恩愛，但鳳箋盈篋，愁剪燈花，夜來和淚雙疊。」他在歡樂的酒會，看著歌扇輕撲慢舞，往事不禁浮上心頭。

絹製團扇的好處之一，就是能在上面刺繡。夏日裡，在扇上刺精美的圖案：或花、或小動物、或心事：

「玲瓏繡扇花藏語，宛轉香茵雲衫步。」

這是柳永在〈木蘭花〉中的句子：心情藏在扇上的繡花中，婉轉的舞步猶如雲彩襯於香茵之上；女子們相互嗔笑攀比，這是閨中樂趣，一切在夏日的燦陽下，幾多風情。

然而扇子並非佳人專用；文人與士大夫也手持扇子，指點江山、激揚文字。蘇軾在〈念奴嬌．赤壁懷古〉中，那句「遙想公瑾當年，小喬初嫁了，雄姿英發，羽扇綸巾，談笑間，檣櫓灰飛煙滅」，給出了古代男人的最佳形象標準。

文人用扇，並非是為了涼快，更多是拿來賞玩：自魏晉時期，名士清客已開始手持飾物，以求風度。言語間，手揮指拂，儼然一副「羽扇綸巾」的風神雅緻；周邦彥就很會使用扇子，展示生活的細節情趣：

薄紗廚，輕羽扇，枕冷簟涼深院。

此時情緒此時天，無事小神仙。

男人的扇子上圖案不多，那都有些什麼？文人雅士以題字居多，富貴人家則多用奢華的裝飾。蘇軾的弟子王安中，有〈安陽好〉一詞：「紅袖小，歌扇畫泥金。鴨綠波隨雙葉轉，鵝黃酒到十分斟。重聽繞梁音。」

泥金，就是以金粉和膠泥製成的飾品裝飾扇紙，陽光之下閃爍生輝，這扇子的價值也在千金之上了，故這些扇子皆意不在實用；但宋室南遷後，扇子的功能被重新發揚。當時臨安城中雖然有無數美景，然而一到三伏天，酷暑炎日讓人難以消受，那些從北方南渡的皇室親貴，在內殿朝參之時，雖有翰林司供給冰雪以解暑氣，然而身披朝服官袍，又能涼快幾分？即便在深宅豪門裡，富貴人家的子弟、婦人也終日手持搖扇。

由於各色人等對各式扇子的需求量大大增加，扇子種類多得數都不清，材料更是五花八門：翡翠、象牙、紅木、青檀、黃金、白銀等等，應有盡有。

我們今天所使用的摺扇，其實在宋朝幾經出現，但並未流行起來；對於宋人來說最好用的還是團扇，尤其是宋詞中的主角——女子。扇子是風情的一部分，試想：要是她們拿的是摺扇，又該折了多少風情？手執團扇輕輕搧動，也許還會撲打飛過的螢火蟲——這情景被寫進周邦彥的〈過秦樓〉中，有十足的文藝味道：

水浴清蟾，葉喧涼吹，巷陌馬聲初斷。
閒依露井，笑撲流螢，惹破畫羅輕扇。

＊彌爾遐祿

第二章　盛世繁華，錦上花正濃

暑往寒來，昔日繁華已成過眼煙雲，宋詞撩起的縷縷情絲卻從未間斷：它那風華絕代、從容恬靜的姿態猶映眼前，耳邊似乎也傳來怡情的小曲，鼻尖嗅到了飄越千年時空的汴梁菊花香，令人沉醉不已。花開正濃，心怎能不念？

夜深燈火，一窗旖旎繁華

一個人翻看宋詞，很容易就墜落其中，猶如一場旅行：暮色四起，天邊還有斜陽餘暉。細品細讀，就能覺出幾分獨屬宋代的風流與詩情畫意。

那是個繁華綺麗的朝代，我們雖不知曉國庫是否富有，但至少百姓不窮。

也許我這樣的想法有些文人氣，但這是所有人都渴望的生活，這讓今人羨慕，也讓當時的金人羨慕，而金人的羨慕來自於大詞人柳永的〈望海潮〉：

> 東南形勝，三吳都會，錢塘自古繁華。煙柳畫橋，風簾翠幕，參差十萬人家。雲樹繞堤沙，怒濤卷霜雪，天塹無涯。市列珠璣，戶盈羅綺，競豪奢。
>
> 重湖疊巘清嘉，有三秋桂子，十里荷花。羌管弄晴，菱歌泛夜，嬉嬉釣叟蓮娃。千騎擁高牙，乘醉聽簫鼓，吟賞煙霞。異日圖將好景，歸去鳳池誇。

那時的江浙各城，到處是煙柳拂岸的花橋，風簾翠幕遮掩了一窗的旖旎；店鋪裡賣的是上等的絲綢，有著豔麗的色澤和光滑的質感；市場上陳列著珠玉珍寶，爭講奢華；整個城市就如同閃亮的綢緞，晃著每一個遊人的眼睛……循著桂花的清香，你望見西湖的一池盈碧、十里荷花，陽光下，蘇堤彷彿一條玉帶，輕攬著西湖的碧衣羅裙，波瀾是她溫柔的呼吸……

據說當時金國國君就是聽了這闋詞後，才決定入主中原；當然這是文人講史，有誇大的說辭，但也說明了部分原因。

來看看武大郎家是什麼條件吧：《水滸傳》裡提及的武大郎，不過是個縣城裡賣炊餅的小販，沒有借高利貸，也沒有欠外債。他在異鄉居住的條件呢？拿現在的標準衡量也是「樓上樓下」了！他的娘子潘金蓮就更讓人羨慕了，每天只要打掃家裡、幫一點忙，剩下的時間就用來搽脂抹粉，憑的就是丈夫供養著她，就更別提做店鋪生意的西門慶大官人有多麼富貴了。

當時的大宋是一個富裕奢華的天堂，宋王朝在建立政權後，汲取唐代藩鎮割據、臣僚結黨、君權式微的教訓，改而確立君主集權，削弱臣下勢力。宋太祖趙匡胤不願意透過殺戮功臣、激化矛盾的殘暴手段來達到集權的目的，而是以一種類似於金帛贖買的緩和手段，換取臣下的權力。宋太祖在「杯酒釋兵權」後，歷代趙宋統治者不但不抑制臣下追逐聲色、宴飲尋樂的奢靡生活，反而予以鼓勵。

對待文臣，皇帝也採取類似手段，給予特別優渥的待遇，在彭信威的《中國貨幣史》中記載，僅就官俸而言，據考證：宋代比漢代增加近十倍，比清代高出二倍到六倍。優越的生活環境，使這些文人、士大夫有了充裕的經濟能力追逐聲色享受。宋朝出現了大量的中產階級，市民普遍過著富裕閒暇的生活；不僅如此，宋代也是最早出現都市化的國度。北宋首都汴梁和南宋首都臨安，都是超過百萬人口的特大城市，十萬戶以上的城市，由唐代的十幾個增加到四十六個——「比漢唐京邑，民庶十倍」。而汴梁城百萬戶家庭已用煤生火，而非木材——這時西方仍是以砍柴維持生計。

而若要看一座城市究竟繁華到什麼程度，就要深入到它的夜生活：

梁園歌舞足風流，美酒如刀解斷愁。

憶得少年多樂事，夜深燈火上樊樓。

大儒朱熹的老師劉子翬，在宋室南渡之後，追憶當日帝京舊遊，遂寫了幾首「汴京紀事」的詩作；而其中第六首，便是這首〈憶樊樓〉。

樊樓，乃京城的酒肆。據說雕梁畫棟、規模宏大，官府允許其自家釀酒，遠近聞名；夜晚的樊樓燈火通明、高朋滿座；詩酒風流外，還有一排排面若桃花的女孩，任君選擇。寥寥幾句，便勾勒出汴京文人墨客的夜生活。

宋朝以前的朝代因為宵禁，幾乎沒有夜生活。太陽一落山，鼓樓擂響的「閉門鼓」就開始催促街市上、小酒館裡喝酒嘮嗑的閒散民眾回家；如果耽擱了，就只能等到次日早上鼓樓敲響「開門鐘」後再回家；而假如「閉門鼓」敲過後你還在街上徘徊，一旦被巡夜人抓到就是「犯夜」，等待你的將是二十軍棍。

宋代開始有了夜市，加上商業發展，夜市日趨繁榮，酒樓業因此盛極一時，除了類似當今星級酒店的樊樓外，小酒肆更是多不勝數；宋朝的夜生活不亞於現代，在夜晚趕路遊玩的人們，拿著各種各樣的燈籠，四處燈火通明，叫賣聲直到天明；而當時汴京第一大寺相國寺，有六十四院，可以容納眾多商家，同時也能舉辦大型商貿、娛樂活動，吸引市民爭相觀看。

許多人都想在夜晚有一段奇遇，而這奇遇無非豔遇。在宋詞裡，我們可以看到一場盛大的狂歡——元宵佳節，不免讓人盼望著一場美麗的邂逅，無關責任，無關功名，只是激情。

＊荷風

而其實這一切並不難。

傾城的男女出行，對於久居深閨的女子，更是不言而喻的快樂，看著燈、看著人，就這麼遇見了。

詞人辛棄疾的愛情，也許就是在這樣的一個夜晚開始：

東風夜放花千樹，更吹落、星如雨。寶馬雕車香滿路，鳳簫聲動，玉壺光轉，一夜魚龍舞。

蛾兒雪柳黃金縷，笑語盈盈暗香去。眾裡尋他千百度。驀然回首，那人卻在，燈火闌珊處。

江南春來早，當奇巧爭豔的花燈把街巷占滿時，柳樹都已抽條泛綠。千萬枝條隨風擺動，有多少個女子面露微笑，帶著淡淡的香氣在樹下等待。而我遠遠就望見了你，你衣衫款款扶風而來，星眼劍目，我頓時迷失在你年輕俊朗的容顏中。

還有南宋衡州詞人廖行之的〈卜算子〉：

雲破露新晴，月上輸清氣。最是江城有底佳，燈火人煙沸。行樂盡歡娛，眼界尤妍媚。多少江濱解佩人，邂逅無窮意。

火樹銀花，人聲鼎沸，整個城市陷入歡樂的海洋。若是沒有節日，宋人的生活該會黯淡多少？他們生活如此富足，沒有「路有凍死骨」的貧窮，也沒有「國破山河在，城春草木深」的絕望，只有「西湖歌舞幾時休」的醉生夢死和無限繁華。在這樣安逸的國度裡，又怎能不為它的富麗堂皇而驚豔，毫無自覺地沉淪於其中？

有多少人沉溺在那夜色畫橋中，那一窗旖旎又曾映在多少人的眼眸；時光不能倒流，那璀璨的東京、蘇杭永遠靜默在了詩句中，只能在誦讀時令人神往。

追憶上元佳節，那時青春

去年元夜，正錢塘，看天街燈燭。鬧蛾兒轉處，熙熙語笑，百萬紅妝女。

今年肯把輕辜負。列熒煌千炬。趁閒身未老，良辰美景，款醉新歌舞。

汴梁的元宵，是一場百萬人參與的盛宴，嬉鬧的人群中，來往的女子佩戴雪柳的頭飾，三兩做伴、笑語盈盈，肆無忌憚地四處張望，若有人執手，便悄悄的從人群中消失了。年輕男女的自由歡會，正是宋代元宵夜狂歡最重要的部分。就像一條年輕的河流，日夜彈奏著一曲亙古的歌謠，伴著天街燈花、十里長香，汩汩地演繹許多美妙故事。

正因為如此，才有那麼多詞作是以惆悵的語調來寫元宵佳節，追憶那個夜晚留下的笑語歌舞。詞人趙長卿的這首〈探春令．元夕〉也是如此。

宋代元宵燈節就從人們最感興趣的男女情事開始了。

那是非同尋常的夜晚：大街上車水馬龍、商賈雲集，既有富豪的寶馬雕車，又有平民的牛車。

就讓我們在宋詞中，跟隨觀燈的人群緩慢行走：

禁漏花深，繡工日永，蕙風布暖。變韶景、都門十二，元宵三五，銀蟾光滿。連雲復道凌飛觀。聳皇居麗，嘉氣瑞煙蔥蒨。翠華宵幸，是處層城閬苑。

龍鳳燭、交光星漢。對咫尺鰲山、開羽扇。會樂府、兩籍神仙，梨園四部絃管。向曉色、都人未散。盈萬井、山呼鰲抃。願歲歲，天仗裡、常瞻鳳輦。

宋朝元宵節的假最長，足足有五天。而紮燈工作通常從前一年的冬至就開始了，街上用彩色絲綢結成巨大山形，像傳說中的巨鰲，因而得名鰲山，上懸各種大小花燈；最高處自然是條條金龍，又在每條龍口中點燃煙花；家家門廳也都懸掛花燈，要是富貴人家，還會擺放五色屏風炮燈，四面掛上名人書畫、古董玩物，極盡奢華，才有了柳永〈傾杯樂〉中呈現的好光景。

山東詞人李邴，年輕時到京城參觀燈展，就再也不想離開那裡，便誓言一定會考取功名留下，還寫下了一闋〈女冠子・上元〉：

帝城三五。
燈光花市盈路。
天街遊處。
此時方信，鳳闕都民，奢華豪富。
紗籠才過處。
喝道轉身，一壁小來且住。
見許多、才子豔質，攜手並肩低語。
東來西往誰家女。
買玉梅爭戴，緩步香風度。
北觀南顧。

見畫燭影裡，神仙無數。
引人魂似醉，不如趁早，步月歸去。
這一雙情眼，怎生禁得，許多胡覷。

全城的人都沐浴在這狂歡的喜慶中，旖旎風情隨處可見，年輕的男女終於有機會能放下矜持，也許會一見鍾情，就此終身相隨。被花容月貌的女子與玉樹臨風的男子所圍繞，又怎麼忍心離開這個節日？

即使到了南宋，民生最為凋敝的那幾年，臨安的上元夜依舊按照東京體例，在京城中心添搭兩座鰲山，通宵不禁，十三至十七，放燈五夜，如朱敦儒在〈如夢令〉中描述「占早燒燈歡會。歡會。歡會。坐上人人千歲」。

燈節當然也有悲傷，那首最為著名的、最有爭議的〈生查子〉，便傳誦出節日的悲傷：

去年元夜時，花市燈如晝。
月上柳梢頭，人約黃昏後。
今年元夜時，月與燈依舊。
不見去年人，淚濕春衫袖。

爭議的關鍵，是這闋詞的作者，究竟是歐陽脩還是朱淑真？這是從古至今都一直被爭論的問題。明代學者楊慎，說是朱淑真；但清代紀曉嵐編的《四庫提要》中反駁說是歐陽脩，認為著名女詞人不可能寫出這種有損名節的東西，甚至到現在都還沒有定案。

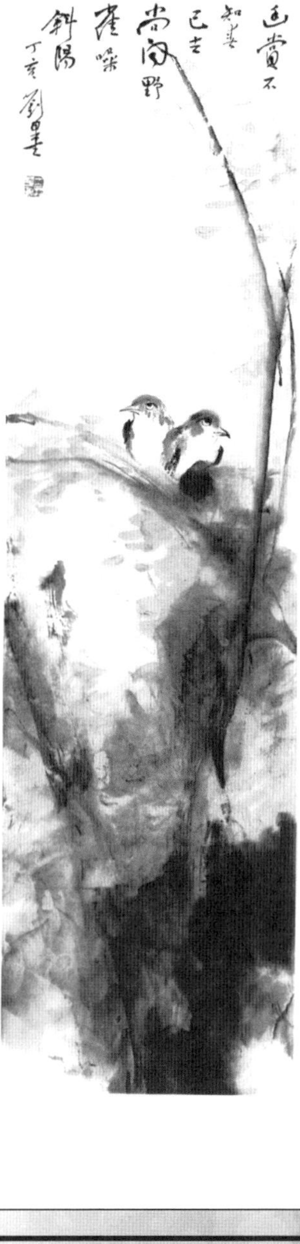

*幽賞不知春已去，尚聞野雀噪斜陽

其實，這首詞更接近於朱淑真的風格。清新、平白、直抒胸臆，有著小女子天然的風情與痴誠。她說元宵佳節，城鄉歡騰，男男女女都興高采烈上街來看花燈；她卻獨自一人站在樹下，等待去年元夜相見的人。

但大約見不到去年那個人了，想到這裡不禁流淚，淚水甚至沾濕了衣袖。

宋代的上元夜，有著淚水與歡喜，當時的文又人最會摹寫溫柔富貴、花柳繁華，呈現出一個立體的朝代景象，讓我們總會認為宋代是如此的貴氣。

時至今日，我們也還會過元宵，而現在的街更多了，亮如白晝，人們若出來觀燈，一時也找不到哪條街才是真正的上元燈市，社會的發展多少使得燈節意興闌珊。

對於這樣的節日，我們也總是潦潦草草，潦草到連一點痕跡都沒有：早晨起來，煮一袋超市買來的冷凍湯圓，吃完後，就算過節了；甚至大部分人對這樣的速食不感興趣，乾脆不吃，元宵佳節就這樣過去了。

這樣說來，元宵還是那個元宵，不同的只是我們，上元佳節對於我們已經貧瘠，成為了一種形式，多情的只是我們讀詞的心，讓我們以為節日裡會遇見一位蘭心蕙質的多情女子，「蛾兒雪柳黃金縷，笑語盈盈暗香去」，以為她會是我們一生追求的紅顏知己，靜靜微笑。

也許這是種是對元宵的追憶，抑或是夢一場。

緩歌低笑，醉向花間倒

秋日的汴京，滿城花開無數，暗香浮動。那是菊花的香氣，時常會看到有人簪菊花而過；而也許那簪花是皇帝的恩賜，以至於時過境遷後，還有詞人靜靜回味。

去年今日，從駕遊西苑。彩仗壓金波，看水戲、魚龍曼衍。寶津南殿，宴坐近天顏，金盃酒，君王勸。頭上宮花顫。

這是詞人陳濟翁〈驀山溪〉的上片，「顫」字傳神，表面上寫菊花之動態，實際上寫的是簪花人搖頭晃腦的得意情景。一般新進士不但在宮中喝酒時「顫」，筵後還要讓頭上的花「顫」著回家，以顯示自己的殊榮，與所有的路人分享得意。

宋代確實如此，有皇帝出席的場合，通常都會賜花給臣子們佩戴，而對臣子來說這是莫大的榮幸。

翰林學士王珪也記敘過自己的殊榮：有次王珪在翰林院值夜班，皇上召見，敘談後十分賞識他的賢才。當時正值中秋之夜，皇上就命令宮妃們各取頭上的簪花一朵，插在王珪的頭上。雖然自己的腦袋像插滿了冰糖葫蘆，但王珪內心卻是非常的高興。

更盛大的簪花場面，就是皇帝出行拜祖，對隨行幕士、禁衛、官兵以及乘五百餘轎的皇后、貴妃、淑妃、美人、才人、婉容依品位賜花簪戴，以致「乾天門道中，直南一望，便是鋪錦乾坤。吳山坊口，北望全如花世界」（《西湖老人繁盛錄》）。宋代簪花場面之盛可略窺一斑。

公眾的場合，每人頭頂都有一朵花，這樣的風情雅緻，估計只有在宋代才有了。

而宋人簪的都是什麼花呢？一種是「生花」，就是鮮花，春天多簪牡丹、芍藥；夏天多簪石榴花、梔子花、茉莉花；秋天多簪菊花、秋葵等。宋人在這方面的記述很多，如五月五日臨安城內人們皆戴茉莉花，歡度端午節；九月九日重陽節，人們一般都「泛萸簪菊」，以求驅邪健身，長命百歲。又以盛產牡丹的花都洛陽為例，一到春天，「城中無貴賤皆插花，雖負擔者亦然」（《洛陽牡丹記》）。另外一種是宮花，就是以羅、絹、通草等原料製成的假花，由宮中或坊間專門製作，栩栩如生。

最動人的簪花，當然還是在美女頭上。在她們梳妝打扮的瑣碎過程中，簪花絕對是重要的一步，像今天新嫁娘為妝容簪花一樣，是一種美好象徵：

玉奩收起新妝了，鬢畔斜枝紅裊裊。淺顰輕笑百般宜，試著春衫猶更好。
裁金簇翠天機巧，不稱野人簪破帽。滿頭聊插片時狂，頓減十年塵土貌。

周邦彥在這闋〈玉樓春〉描述得很詳細，妝成之後，在鬢邊斜簪一枝紅花，頓時增色幾許，再配上飄逸的衣裳，怎能不惹人憐愛？

簪花當然不是宋人情有獨鍾，也不是他們的首創，卻是由宋人賦予了「雅」。學者揚之水認為，宋人從這些本來屬於日常生活的細節中，提煉出高雅的情趣，為後世奠定了風雅的基調。

的確，在宋代以前，人們賞花踏青多是官方舉辦，比如唐代的「鬥花會」、「撲蝶會」，由官府布置盛大的展會，千萬盆花草呈現在人們眼前，形成買賣性質的廟會；但到了宋朝，國家缺乏漢唐的勵精圖治，縱情享受，發展出一種新的生活方式，皇帝賞賜簪花不說，簪花、種花、愛花、插花變得大眾化——對於栽花蒔草，宋代士人好像有一種躬身實踐的熱情，必要親自侍弄，而這些閒情逸致，也都流露在筆墨紙硯間：

寓舍中庭劣半弓，燕泥為圃石為墉。瑞香萱草一兩本，
蔥葉薤苗三四叢。稚子落成小金谷，蝸牛卜築別珠宮。也思
日涉隨兒戲，一徑唯看蟻得通。

宋人對花的賞愛，不再是狂歡式的熱烈，而是把花事作為生活中的一點溫暖，侍弄花草的同時，兒童在身邊頑皮戲耍，一切相得益彰，形成一份美麗的點綴，南宋楊萬里的〈幼圃〉一詩，就寫出了這份妙趣橫生。

南宋詩人方回，在〈開鏡見瓶梅〉中也說：

「開奩見明鏡，聊以肅吾櫛。旁有一瓶梅，橫斜數枝入。真花在瓶中，鏡中果何物。玩此不能已，悠然若有得。」

這一情景在畫作中，正好有合適的對應——美國波士頓美術館，藏有一幅南宋畫家蘇漢臣的〈妝靚仕女圖〉，圖中描繪一位對鏡理妝的女子，妝具的旁邊有一個小木架，木架裡面有一插著鮮花的花筒，而由方回的詩，亦可見妝鏡旁邊陳設著花瓶。可知截竹為筒、中插鮮花，是宋人花事中的雅趣之一。

所以，與唐代萬人空巷去賞花不同，宋人更多是買花、插花，心情好時就簪花於頭頂，標明自己的情趣。

＊笑君博帶峨冠立，俯首秋風不肯啼

這便是讓今人羨慕之處，沉重的壓力擠迫著我們的憧憬，紛擾的塵世侵吞了我們的日常，除了偶爾看到一些公園的花朵，現代人其實已與這種風雅非常遙遠。

宋代的賣花業，隨著插花的日常化發展起來，一點都不亞於現代。當時，各大城市中都設有花市，洛陽的天王園花園子、臨安官巷的齊家、歸家花朵鋪都享有盛名；汴京、臨安的夜市也賣「五梅花、茉莉盆兒、帶朵茉莉朵花、桃紗荷花」等各色花；除固定的攤鋪，許多小販還會沿街叫賣四時花朵。蘇東坡在〈黃州春日雜書四絕〉之一就稱：「病腹難堪七椀茶，曉窗睡起日西斜。貧無隙地栽桃李，日日門前看賣花。」

陸放翁的名作〈臨安春雨初霽〉更是道出了這一景象：

世味年來薄似紗，誰令騎馬客京華。
小樓一夜聽春雨，深巷明朝賣杏花。
矮紙斜行閒作草，晴窗細乳戲分茶。
素衣莫起風塵嘆，猶及清明可到家。

「小樓一夜聽春雨，深巷明朝賣杏花」成為描繪臨安風情的名句。清晨時分就已經有賣花的在叫賣，清奇可聽；賣花人過巷東家、巷西家，而這一聲聲叫喊，大約也很容易牽動思鄉的情緒，忍不住想：家鄉的花朵都開了嗎？

浙江海寧人陳槃的一首〈店翁送花〉也很有意思：

「店翁排日送春花，老去情懷感物華。翁欲殷勤留客住，客因花惱轉思家。」

旅店用日送鮮花的方式慰藉客中情懷，大約也已成為當時一種日常化的服務。

江南春盡離腸斷，夢裡江南花正好。國家情景如何，並不能阻擋人們熱烈的愛戀，從這些日常生活中，我們看到宋人愛花草、愛無限的閒暇時光；他們的生活風情萬種，總是緩歌低笑，醉向花間倒；在花間醉倒，又是多麼美麗的意境，善感的讀者也許心旌已經搖曳起來……

煙波渺渺，風流滿園關不住

波渺渺，柳依依。孤村芳草遠，斜日杏花飛。江南春盡離腸斷，蘋滿汀洲人未歸。

這首〈江南春〉清麗婉轉，一泓春水，煙波渺渺，岸邊楊柳拂風；遠處幾個在天地間顯得孤零零的小村莊，彷彿綿延到天邊的青青芳草；在斜陽餘暉裡，杏花紛飛飄舞……是夢、是詩，還是畫？

如此細膩柔情的筆觸，誰能料到，這竟出自以「剛直不阿」名留千古的萊國公寇準之手？

從容決策「澶淵之戰」的寇準，內心竟是如此溫柔多情。

歷史被文學家塑造，誰又能知曉歷史人物的全部面貌？今人即使走遍萬水千山、看遍古今中外，也許只瞭解歷史真相的一個側影罷了。

世人皆知寇準的正派，史載「準為相，守正嫉惡，小人日思所以傾之」（《宋史．畢士安》）。寇準死後，當朝皇帝宋仁宗「賜謚曰忠愍」，可見他的為官之道與為人之本是——不迎合附勢。想當年，寇準初出茅廬之時，竟敢冒著殺頭的危險，在宋太宗發怒離開時，拉著皇帝的龍袍，讓他重新坐下，直到問題解決。所以，宋太宗深有感觸地把寇準和唐太宗時著名的「諍臣」魏徵相比，他說：「朕得寇準，猶文皇之得魏徵也。」唐代以後的臣子，若能被皇帝看作魏徵，應該是最高的讚賞了。

寇準正直，處事難免失於「諍」。一次，寇準和溫仲舒騎馬並行，一個瘋子攔住寇準的馬，向他三呼萬歲，寇準的政敵樞密院知院張遜得知後，派人向皇帝密告，說寇準有異心。寇準便與張遜在太宗面前激烈爭吵，相互揭短，弄得太宗龍顏大怒，撤了張遜的職，也把寇準貶到青州當知州。

不過，太宗深知寇準的才幹秉性，將他外放只是想讓他知道教訓，然而這下看不到寇準了，太宗總是念叨他；一年後，太宗下詔召寇準回京，並升為副宰相。寇準回京後，太宗正患上嚴重的腳病，行走不便。太宗見到寇準後，特意讓寇準看自己的足疾，然後假裝責問他：「你怎麼來得這麼遲？」其實這是他有意顯示和寇準的親暱情感。寇準卻不冷不熱地說：「臣非召不得至京師。」差點兒沒把太宗噎死。

寇準因做「諍臣」出了名，朝內大臣幾乎都懼怕忌恨他，後有人戲稱此種情況為「寇某上殿，百僚股慄」。把好端端的臣子嚇得腿抽筋，寇準也算是個厲害人物。

寇準的剛直不阿立下了更大的功勞：契丹國主與其母蕭太后入侵中原，二十萬大軍越過瓦橋關，攻高陵，直抵於澶淵，即將飲馬黃河，直逼中原。朝內聞得消息，頓時亂作一團，是戰是降，眾說紛紜。

宋真宗如坐針氈，問宰輔們計將安出。作為「諍臣」，寇準當然力排眾議，堅主抵抗，寇準為了讓真宗親上戰場督戰，還誇下「海口」：「陛下欲了此，不過五日爾。」等到真宗真的出行，寇準在後方運籌帷幄，終於取得勝利，最後宋遼和議，即為「澶淵之盟」。

澶淵和議，宋朝允諾遼國每年三十萬歲幣。宋朝繁華，三十萬貫對宋朝每年巨大的財政收入來說不值一提，一筆損失不大的買賣，換來長時間的和平，儘管寇準主張不給，但這似乎比較符合真宗的意願。

大宋經過三朝經營，戶戶輕煙歌舞，處處春光無限，作為宰相，寇準在這繁華一朝的享樂奢靡也開始了。

這是眾人少知寇準的一面，唱歌跳舞、公款吃喝，他一次都不會錯過；不但如此，他還常常與同僚朋友通宵達旦地宴飲。入夜，寇府總是高朋滿座、燈火輝煌，就是馬棚、茅廁這些地方都徹夜點著蠟燭，往往燭淚成堆，朋友戲稱他為「淚成堆」。

至於玩，寇準也是花樣百出，什麼都喜歡玩、什麼都會玩。每當生日，寇準都會早早搭起綵棚，廣發請帖，宴席十分鋪張。寇準喜歡跳「柘枝舞」，這是從西域傳到中原的舞蹈，跳時要穿著五色繡羅的寬袍，腰繫腰帶與金鈴，動作明快，旋轉迅速，同時注重眉目傳情，夜以繼日，如痴如醉，時人送他一外號，稱為「柘枝顛」，可見其跳舞技藝之高超。

寇準奢華如此，倒是口碑不錯；後來，宋仁宗時期的宰相夏竦也追求豪華，生活奢侈，但議論的人卻很多。他十分不解，便對幕僚說：寇準生活奢侈，生前死後皆無非議，怎麼到了我這裡，卻那麼多人有微詞？

幕僚給夏竦講了一個故事：寇準做官，經常與下屬一起郊遊、野餐。一次喝得正起勁，路上傳來一陣毛驢的鈴聲，派人一問，原來是一個任期已滿的外地縣令馱著行李路過，雖然素昧平生，但寇準卻像對待老朋友一樣，熱情地邀請縣令同席，開懷暢飲。寇準對待陌生的路人都相敬如賓，而夏竦身為宰相，不但不與大家同樂，對待部下同僚卻連最基本的禮節都沒有，非議是理所當然的。可知幕僚的意思，是希望夏竦日後多向寇準學習。

這就是生活中真實的寇準，也是一代文人的時運。他們趕上了最好時光，進入太平盛世，治國、齊家，修身功夫也不差，便是幾多風流韻事，愛音樂、愛花草、愛酒水、愛美女，也成不了白璧之瑕；反倒有一園的芳香關不住，探出牆去，萬古飄香。

依然嗅到洛陽的芳菲

你是否曾對某座城市念念不忘，發誓一定要再回去？

長途旅行後，再搭上一輛短途車，朝著前方的暮色一直開去；車速不快不慢，閉上眼睛感受不到，睜開眼卻看見路旁的樹一棵一棵向後退去；暮色一層一層黯淡下去，心情一點一點明朗起來。這時，車停了——洛陽城到了。

大詩人歐陽脩在滁州時，時刻都想要這樣的感覺。觥籌交錯後，山巒亭宇都顛倒，倦鳥早已銜花飛遠；喧鬧歸於平靜，燈半昏，月半明，對洛陽的思念便開始了：

常憶洛陽風景媚，煙暖風和添酒味。鶯啼宴席似留人，
花出牆頭如有意。
別來已隔千山翠，望斷危樓斜日墜。關心只為牡丹紅，
一片春愁來夢裡。

歐陽脩最初就是在洛陽當官。二十四歲到二十七歲，最愉快的日子都留在了那裡，就像上面這闋〈玉樓春〉中所描述的一樣，花開無數，同僚、朋友經常結伴去看花。當時歐陽脩的上司錢唯演，是吳越忠懿王錢俶的後代，為人灑脫，照顧下屬，常帶領大家同樂。

那天，同僚們暢遊嵩山，興致正高之時，突然下起了雪。正不知如何是好，卻發現有人冒著風雪渡過伊水，原來是上司派來的廚子和歌伎。錢唯演讓廚子和歌伎轉告他們，府裡公事簡易，用不著急忙回去，故派來廚師和歌伎，為他們賞花助興。

長煙一空，皓月千里，把酒臨風，此樂何極！

那段時間的確總讓歐陽脩回味。一次聚會，只有歐陽脩和一名官伎姍姍來遲，上司錢唯演責問，怎麼來得這樣晚？姑娘回答：「去乘涼睡了會，起來發現丟了支金釵，怎麼都找不到，就把時間耽誤了。」錢唯演板著臉道：「那讓歐陽脩填首詞吧，寫得好，便不治罪，還把金釵補償給你。」

池外輕雷池上雨，雨聲滴碎荷聲，小樓西角斷虹明，闌干倚處，待得月華生。

燕子飛來窺畫棟，玉鉤垂下簾旌，涼波不動簟紋平，水精雙枕，畔有墮釵橫。

這便是歐陽脩當場寫就的〈臨江仙〉，表面上看來沒什麼，只是描摹場景：上片寫夏日傍晚的雷陣雨、雨中荷花、雨後彩虹、樓中倚闌待月的人；下片寫燕子飛來，房間裡的簾帳、涼蓆，水晶枕一對，枕邊的金釵一支——為什麼來晚了？枕邊的金釵怎麼會丟了呢？眾人其實都心知肚明。錢唯演也就批文一紙：金釵一支相送。

洛陽三年，青蔥年華。歐陽脩離開之後，便不斷的懷念。念念不忘的是那場雪嗎？是那頓酒嗎？是那支釵嗎？還是那些人？當然不是。

我們一生中住過的地方、遇過的人，映照出來的都是我們逝去的年華。所以我們才會熱愛那座城市，念念不忘，以至於多年後，京師也好，貶謫的路上也好，歐陽脩總痴痴遙望著洛陽的方向，思念那座城，那一去不復返的青春。

後來，歐陽脩總是喝醉。風吹衣袖，多少的憂傷和落寞瀰漫於心頭？醉夢中也許更容易回到洛陽，因為那些年在洛陽，他喝了一場又一場的酒，怕是到現在都還沒有醒來；一旦醒來，又怕惆悵心緒依舊，怕身體日益消瘦。

細細尋覓，到處都有美景，可為何年年還是會添新愁？

＊野趣

誰道閒情拋棄久？每到春來，惆悵還依舊。
日日花前常病酒，不辭鏡裡朱顏瘦。
河畔青蕪堤上柳，為問新愁，何事年年有？
獨立小橋風滿袖，平林新月人歸後。

過眼荒煙，當我們回頭，舊物是否還在？每次酒醉後，歐陽脩卻總是那樣清醒。如今繁華不再，志同道合之人甚少，山風一吹，些許的孤獨在頭頂打轉，吹亂了鬢髮；松竹在頭頂簌簌作響，夜晚的空氣倒是讓人安詳，最後他獨自一人下山。

夜氣慢慢升了上來，酒氣在涼風中漸漸被吹散，腳下的沙石路踩上去細密柔軟，胃腸溫熱，口中似乎想要哼唱。只有這個時候，歐陽脩才真正覺得這琅琊山是屬於他的，釀泉是屬於他的，醉翁亭是屬於他的，包括這山間的夜氣、凌空的落葉、歸巢的鳥兒、淙淙的溪水……通通是屬於他的。雖然來滁州做太守，政通人和，稼穡豐饒，是難得的好年景，按說整個滁州城都是屬於歐陽脩一個人的，全縣的百姓都把他當作父母官。

然而，只有當所有的朋友和僕人都被打發走後，真正的快樂才開始慢慢地向他靠近。

一個人的酒後，世界也變得可愛起來，伸手能抓到風的臂膀，放眼能望見月亮含笑的臉孔。夜晚的薄霧籠罩著琅琊，把岩石撫摸成溫柔的火焰，將樹影縫製成夢幻的衣衫。絳紫色的世界，一切都開始晃動，醉翁亭上鑽出了成千上萬隻小飛蛾，它們各自夾著些許光芒，遍布山間。當歐陽脩走到山下時，那些發亮的小飛蛾已經越飛越高，越飛越遠，早已經和夜空中的星星混淆莫辨。

像是回到了洛陽。

「洛陽正值芳菲節，穠豔清香相間發。游絲有意苦相縈，垂柳無端爭贈別。杏花紅處青山缺，山畔行人山下歇……」（〈玉樓春〉）。這座偏遠的滁州城，意想不到地成為了歐陽脩不得志時期的一塊樂土。他讓下屬在官邸四周種了無數的鮮花，並在公文上批示：

「淺紅深白宜相間，先後仍須次第栽。我欲四時攜酒去，莫教一日不花開」（〈謝判官幽谷種花〉）。

嚴肅的政府機關，被他妝點得花團錦簇、蜂來蝶往，滿頭花白的他坐在裡面，樂呵呵地端起酒杯……

有一絲滑稽，可也真讓人肅然起敬，這正是歐陽脩的絕代風流。政治上的恩恩怨怨都躲進歷史，隨風長逝，而真正能夠在歐陽脩心中，在我們讀者案頭沉澱下來的，卻是芳菲永存的美麗風景。

第三章 眉黛淺處美女香

詩詞裡，春來春去，對酒當歌，人生幾何？希望杯中有酒，身邊有美女，盡情享受花朝月夕的大好時光。那些女子，從宋詞裡走來，翩翩的身段，為許多故事紅袖添香。

低眉豔遇，滿城桃花緣

花褪殘紅青杏小，燕子飛時，綠水人家繞。

枝上柳綿吹又少，天涯何處無芳草？

牆裡鞦韆牆外道，牆外行人，牆裡佳人笑。

笑漸不聞聲漸悄，多情卻被無情惱。

那是一個夏初時分，蘇東坡出門踏青，行走時，見花謝、花飛、花滿天，不覺嘆息不已；當途經一座園子稍作歇息時，卻聽到圍牆裡面有姑娘的盈盈笑語，還帶有明快的歌聲，在風中忽高忽低，不由頓作如此遐想：那必定是一位妙齡的美女！是真名士，自風流，東坡先生當時就理所當然地想入非非起來，吟成了這一闋風格清新的小令——豔遇未遂的實錄〈蝶戀花〉。

時光靜好，鎖住這一束清淺，成為美好的記憶。

這樣說來，如果時光可以倒流，相信很多人寧願去宋代，因為只有那時候是一池盈碧、滿城清香，低眉舉手間人們不覺都有一種風情萬種。在這最清冽、最浪漫、最煽情的時代，散步時一不小心就有了豔遇；而有幸親歷「豔遇成功」的宋代詞人宋祁，更是以一闋〈鷓鴣天〉將桃花運的傳奇演繹到了極致。

畫轂雕鞍狹路逢，一聲腸斷繡簾中。身無彩鳳雙飛翼，心有靈犀一點通。

金作屋，玉為櫳，車如流水馬如龍。劉郎已恨蓬山遠，更隔蓬山一萬重。

宋祁與其兄宋庠「雙狀元」，入朝為官，時稱「大宋」、「小宋」。小宋有一次從皇宮出來，正巧遇上了從宮廷出來的車子，車內忽然有人輕輕地喊道：「小宋呀！」宋祁知道是在叫他卻不敢答應，因為他知道：宮裡的女人都是皇帝的，非自己所能覬覦。但作為文人，他又不由對車中美人的呼喊魂牽夢縈，於是便填了詞來感嘆一番。

這首〈鷓鴣天〉為宋祈隨口之作，藝術成就並不高。「身無彩鳳雙飛翼，心有靈犀一點通」、「劉郎已恨蓬山遠，更隔蓬山一萬重」都是直接借用唐代大詩人李商隱的〈無題〉。但由於宋祁的知名度，這闋詞很快便傳播開來；連宋仁宗對這首詞婉轉惆悵的情懷，也頗有同感，就是說仁宗也喜歡上宋祁這首詞，而他再思索幾天後終於明白了。

一次退朝返宮後，仁宗便問所有在場的宮女：「是誰呼喚小宋？」

宮內人不敢自行隱瞞，一位宮女就站出來承認了，而且她還小心翼翼地解釋說，由於皇上舉行御宴，見到內侍在宣召翰林學士，忽聽有人喊了聲「小宋」，她當時正好就在車中，不覺也跟著喊了聲「小宋」。說到這裡，看得出她的戰戰兢兢，因為她不知道皇帝將要如何懲罰她。

然而，仁宗卻把宋祁給宣召了進來，並跟他和藹地說起了這件事情。宋祁一聽，當即非常害怕，知道自己闖下了大禍，便趕緊跪在地上一再叩頭謝罪，請求皇上寬恕他的冒昧和衝撞。但仁宗卻笑了起來：「『劉郎已恨蓬山遠，更隔蓬山一萬重』。其實『蓬山不遠』嘛！」說完，仁宗就把那位在車中喊著「小宋」的宮女賞賜給他。

宋祁抄襲前輩的句子，竟然豔遇到了帝王家，得到莫大賞賜，說起來太划算了。宋祁做夢也沒想到最後會有這樣的結局，本來以為是痴人說夢，還以為惹上橫禍，不料一波三折後喜從天降！同僚張先聽到之後，羨慕不已。

張先與宋祁，二人關係很好，張先跑到宋祁的家裡：「『紅杏枝頭春意鬧』尚書新納妾可好？」宋祁就從屏風後高興地跳出來：「『雲破月來花弄影』郎中的尼姑小妾安在？」相視大笑。

這一笑古意盎然。「紅杏枝頭春意鬧」是宋祁〈玉樓春〉中的名句，「雲破月來花弄影」是張先〈天仙子〉中的名句。兩人以對方的好詞句取代官名，讓人意外地發現，官員也可以詩情飛揚。

張先的外號「雲破月來花弄影」郎中只是其中之一，他還有「嫁東風」郎中的雅號，就是出自納尼姑為妾的〈一叢花〉。

張先曾經與一名年輕的尼姑偷情密約。寺廟裡的老尼姑生性嚴肅，對小尼姑管理很嚴格，那名偷情的小尼姑常睡在池島中的小閣樓裡，等到夜深人靜後，便偷偷地爬下梯子，引導張先登樓相會。這一對情人最後分離的時候，張先禁不住深切的思戀，便以女子的口氣寫作了一闋〈一叢花〉，抒發情懷：

> 傷高懷遠幾時窮？無物似情濃。離愁正引千絲亂，更東陌、飛絮濛濛。嘶騎漸遙，征塵不斷，何處認郎蹤？
>
> 雙鴛池沼水溶溶，南北小橈通。梯橫畫閣黃昏後，又還是，斜月簾櫳。沉恨細思，不如桃杏，猶解嫁東風。

登上高閣眺望遠方，懷念遠在天邊的情郎，這無限的情思何時才能了結？真不如那桃花杏花，至少還能嫁給東風。

張先最後也沒娶得這個尼姑，不過八十歲時還是娶了個十八歲的小妾。蘇東坡與一幫詞友相約來到張先家道賀，張先趁著高興勁張口就來：「我年八十卿十八，卿是紅顏我白髮。與卿顛倒本同庚，只隔中間一花甲。」

瞅，張先老頭那個自豪勁，蘇東坡脫口和上一首打油詩：「十八新娘八十郎，蒼蒼白髮對紅妝。鴛鴦被裡成雙夜，一樹梨花壓海棠。」

＊ 全家福

蘇東坡總是豔遇未遂，不過詼諧調侃的詩詞意蘊最足，尤其是結束句「一樹梨花壓海棠」，堪稱點睛之筆。梨花色白，比喻白頭老翁張先恰到好處；海棠紅豔，形容嬌豔欲滴的年輕女子別有一番神韻，一句話把個老夫配少妻的情景圖描繪得唯妙唯肖。

蘇東坡只是在口頭上滿足一下，與宋祁、張先二人比不得，若說桃花緣的冠軍，宋祁、張先二人比起來不分伯仲，翻翻二人的詞集，百分之八十都是在眠花宿柳。

太平朝的太平臣子，多情的人們啊，有的是時間心思，只要官場上不犯錯，圓而不滑，融而不散。軟玉溫香，加上詞韻墨香，幾多風流韻事，真真留下千年風雅。

輕紗是時光最美的綴飾，誰人不愛

玉碗冰寒滴露華，粉融香雪透輕紗。晚來妝面勝荷花。
鬢嚲欲迎眉際月，酒紅初上臉邊霞。一場春夢日西斜。

那也許是一個慵懶的早晨，女子對著銅鏡中的自己，描了眉，挽了髻，一身羅紗飄飄，風惹輕塵，盈盈飛舞，眼波流轉，顧盼生煙，這就是詩詞中女子的日常生活。

晏殊的詞作向來充滿閒情逸致，華麗精美，這首〈浣溪沙〉也不例外，詞中女子的嬌美流露筆端，輕紗的衣裳，惹人想伸鼻尖輕嗅。

在人們的印象中，古代女子的身體都是埋藏在一層又一層的衣物後面，隱祕得連想像的空間都沒有，所以唐代的「慢束羅裙半露胸」的開放給人留下了無限感嘆。那麼宋朝呢？〈浣溪沙〉的「粉融香雪透輕紗」無疑給了答案。

清康熙年間一個叫陳元龍的學者，花費多年編了本書叫《格致鏡原》，共一百卷，其中幾卷詳細講述了宋代女子的服飾。說宋代一般女子的服飾，是襦、襖、半袖衫，配以裙子，繫以繡花帶子，其上有各種圖案，以及各種首飾。

這樣說來，若是佳人身段窈窕、步履輕盈，行動起來裙帶飄逸，確是一幅絕佳的景色。

宋代婦女的內衣有抹胸、腹圍。抹胸可能以織錦、繡花為飾；腹圍，則使用巾帛包裹腰腹，色彩喜用鵝黃，當時人們稱之為「腰上黃」。民女和貴婦都喜歡在內穿抹胸，外穿對襟衣，衣襟常敞開，隱約露出內衣之美，如河南省洛陽偃師宋墓出土的磚畫上的廚娘，就是如此穿著。《格致鏡原》記載：「建炎以來（公元一一二七至一一三零年），臨安府浙漕司所進程恭後御衣之物，有粉紅抹胸、真紅羅裹肚。」

說起這女子的對襟衣，倒是有幾分講究。宋代的女式衣物跟唐代的衣服大不相同，唐朝的女式衣服多用綾，且大紅大紫、袍寬華麗，層次繁複，穿起來非常費事；而宋代的女子衣服多為羅或紗，如晏殊〈浣溪沙〉中敘述，外衫常常是開襟，穿起來既方便又寬鬆，還很精美，兩長條花邊由領而下，輕盈飄灑，煞是美麗。

歷朝歷代，多更加講究女式的衣服，故能從女式的衣服看出朝代的紡織業發展。北宋的絲織行業以浙東、浙西和四川最為發達，南宋則又擴大了範圍；不僅如此，棉紡織業也迅速發展起來，每年生產綾羅綢緞的數量要遠超前代，有些還能作為出口。宋時不但出口自己的紡織品，也從外地引進了很多絲綢產品：南宋臨安銷售業績極佳的外地紡織品，比如蕭山的紗、諸暨的吳絹、婺州的羅等，都是上等貨色。

整個宋代，女子的衣服秀美瑰麗、大方典雅，正得益於宋代紡織業的發展。好看的衣服不侷限於貴族所有，連普通的藝伎的穿著也很講究：南宋左司郎官張鎡家的家伎，無論服飾還是首飾，都不亞於富貴人家的女子，張鎡舉行「牡丹宴會」，家伎們捲簾入廳，手持酒餚絲竹，次第而至；頭戴牡丹，衣領皆繡牡丹顏色，歌唱〈牡丹詞〉，進酌而退；又有數十家伎，換裝出來，大抵簪白花則穿紫衣，簪紫花則穿鵝黃衣，簪黃花則穿紅衣。

這場宴會喝了十輪酒，這群家伎的衣服與花也換了十次，爭奇鬥豔，讓賓客彷彿進了仙境。

至於各種衣服的質地，只是富貴人家多用絲質布料，而一般人家多用布罷了，但這並不影響衣服的美麗輕盈。那個天下太平、物產豐富，全城人都穿戴華美，羅綺的清香、胸衣的風情隨處飄蕩，年輕的男女之間終於沒有了禁忌，多少男男女女一見傾心，而後私定終身。

宋詞裡屢屢出現的羅帶，也是一個很惹人遐想的詞。古代女子的衣裙上常有長帶子垂下，行動處平添幾分飄逸；不過，這些帶子在衣裙的哪個部位，卻值得研究一番，例如婉約派詞人秦觀為人熟知的〈滿庭芳〉：

山抹微雲，天連衰草，畫角聲斷譙門。暫停徵棹，聊共引離尊。

多少蓬萊舊事，空回首，煙靄紛紛。斜陽外，寒鴉萬點，流水繞孤村。

銷魂、當此際，香囊暗解，羅帶輕分。謾贏得青樓、薄倖名存。

此去何時見也？襟袖上、空惹啼痕。傷情處，高城望斷，燈火已黃昏。

這闋詞寫的是離別前的那次幽會。羅帶是女子的裙帶，羅帶輕分意味著寬衣解帶，這正是激情燃燒的時刻，給人無限的遐想；秦觀自不必說，連他的老師蘇軾也是如此：「羅帶雙垂畫不成，人嬌態最輕盈。酥胸斜抱天邊月，玉手輕彈水面冰。」（〈鷓鴣天〉）

蘇大文豪這詞是很收斂的，因為他旗下的蘇門四學士都盯著他呢。黃庭堅也跟著學：「懶繫酥胸羅帶，羞見繡鴛鴦。」（〈好兒女〉）連內衣圖案都看到了；晁補之說：「鸞釵重，青絲滑。羅帶緩，小腰怯。」（〈滿江紅〉）腰也露出來了；還有學生張耒，不過他是間接地學習，他在〈秋蕊香〉一詞中吟誦：「別離滋味濃於酒，著人瘦。」遠方的她因思念而瘦，怕是衣服寬鬆，羅帶掉落了吧。

關於衣飾的宋代詩詞，讓我們真切地感受到宋代女子的千種風情，不過文人墨客畢竟還是有底線的，羅帶分了，後來呢？只在時光流轉中給讀者無限的遐想。

所以「高城望斷，燈火已黃昏」，鏡頭拉長，詞作以一個全景結束，而美好的想像才剛剛開始。

藝伎一顰一笑一嫵媚，打濕心情

宋代的伎女是什麼樣子？她們站在三月煙花裡？她們站在十里春風中？她們是否有著二十四橋明月夜的詩意？她們是否有著十年珠簾夢，想要與有情人終成眷屬？

纖雲弄巧，飛星傳恨，銀漢迢迢暗度。金風玉露一相逢，便勝卻人間無數。

柔情似水，佳期如夢，忍顧鵲橋歸路。兩情若是久長時，又豈在朝朝暮暮。

秦少游的這首〈鵲橋仙〉，據說是寫給一名藝伎。詞表心意，兩人若是能至死不渝、地老天荒，又何必在乎否能夠朝夕相處？此詞一出就引來眾人追捧，於是聞名天下。

我們的心情被宋詞的細雨打濕，似乎以為藝伎都是蘭心蕙質的多情女子，是詞人一生追求的紅顏知己，彼此靜靜微笑，讓生活沉醉，但這只是我們一廂情願的想法。

歷朝歷代，伎女一直是最下等的職業，出賣身體而換取錢財，為人不恥；即使有宋一朝，伎女依然被人看不起，縱使是與伎女心靈最為貼近的柳永，有時也是抱著戲謔的態度：

> 滿搦宮腰纖細。年紀方當笄歲。剛被風流沾惹，與合垂楊雙髻。初學嚴妝，如描似削身材，怯雨羞雲情意。舉措多嬌媚。
>
> 爭奈心性，未會先憐佳婿。長是夜深，不肯便入鴛被，與解羅裳，盈盈背立銀釭，卻道你但先睡。

這是柳永的著名狎伎詞〈鬥百花〉，他是伎院的常客，也是寫伎女的高手，他的狎伎詞也描寫的最為成功。少女成為成年女子，舉手投足都非常嫵媚可愛，如輕風、似精靈，但這畢竟是肉慾的交易，「與解羅裳，盈盈背立銀釭」，意境很美，多情的只是我們讀詞的心。

在宋代，多數伎女依然是一口一句「公子、官人」，一顰一笑間賣弄身姿，很少能獲得幸福；她們的眉頭心間，幾多惆悵與哀傷，卻只能在大街小巷的傳唱中度日。當時伎女和伎館眾多，無論是在東京汴梁還是臨安杭州，伎館就像酒店、飯館一樣，是生活中常見、必備的場館。南北兩宋凡是大城市，伎館遍地、觸目皆有；在汴京還有專門的伎館街，即是曲院街西一代，御用街道和朱雀門外都有伎館。

據統計，單東京汴梁就有上萬女子從事情色行業，落的是伎籍，而這還只是保守估計。按照伎女的分類，大致有官伎、家伎和私伎。官伎就是教坊、軍營和地方官府控制的歌舞伎；家伎就是貴族、官僚士大夫和富戶們養的歌舞伎，她們都可以隨便被買賣和送人，陪客也大多沒有自主權；私伎就是在民間巷陌賣唱賣笑的，與官伎相比自由得多。而無論是官伎、家伎還是私伎，一般都以歌舞技術的高低論身分，其中的魁元者，就是所謂的「行首」。

三種伎女中，品位高的伎女皆善談吐、妙應酬，評品人物，答對有度，才藝上乘。不管你是世家公子、狂放少年還是落魄公卿，必讓你來了一次便想來第二次；她們本身也很有錢，不需依靠別人供養，住處也比得上一般中產家庭，庭院深深、假山盆池、小室生香，同時還有書房。許多士人、貴子來到這裡，大多能夠留宿多日，備妥車前馬後。這就是最有地位的伎女所能達到的生活水準，一般來說，「行首」和名伎差不多都能享受到；而曾被宋徽宗深愛的名伎李師師，住的地方則更加豪華。

還有一些伎女是專門唱歌的歌伎，她們從小就接受訓練，每當貴族舉辦宴會，就會聘請她們去表演歌舞，一些公子如果看中了，就會上門找她們尋歡作樂。

其實最早的詞等音樂作品，就是由歌伎們唱出來，因此才有詞為「豔科」一說，柳永、秦觀、晏殊、晏幾道、周邦彥等婉約派大詞人，所填之詞多被歌伎傳唱，不知唱出了多少出彩的名段。如果沒有這些歌伎和樂師的演奏，許多士大夫、才子佳人的詞也不可能聞名後世，看來歌伎們還承擔了為詞人揚名立萬的「責任」。

有品位、有才藝的伎女大多還是只有官家能培養出來，即「官伎」，因為官家有錢培養她們；若是家伎，經常被送人，學習的時間自然就少，就鮮少有機會能成為色藝雙絕的名伎。不過，王公貴族的家伎也已非常專業，歌舞技巧極為高超，輕鴻體態，去似楊花塵不起。家伎非但舞姿絕美，衣服也特別精緻，人數也多，常一大戶人家就有上百人，足見宋代的家伎數量到了何等多的地步。與官伎、家伎相比，最為淒涼的莫過於私伎，她們幾乎都是獨立生活，依靠賣笑賣唱為生，風險還大，唯一的好處是她們比較自由，但是為了生活而出賣身心，學習高超的技藝就更加難了。

作為一名藝伎，許多人為了爭得更高的席位而努力練習。所謂的「藝」最好不是一項專才，專才固然好，全才則更加出色，就算不能顛倒眾生，怎麼也能找到避風的港灣。宋代詩人李元膺在〈十憶詩〉裡，用了十首詩來回憶歌伎的行、坐、飲、歌、書、博、顰、笑、眠、妝，把歌伎的美態作了全方位描述：

「悵嬌成惘日初長，暫卸輕裙玉簟涼；漠漠帳煙籠玉枕，粉肌生汗白蓮香。」

這就是其中的一闋，即便沒有親眼所見，聽聽這詞，也能引起男人無限遐想。

在詞作飛揚的宋代，伎女作為商業社會重要的潤滑劑之一，無論酒肆茶館、飯店酒樓、官宴家宴、逢年過節、官場迎送、才士論詩，到處都可以看到她們美麗的身姿，於是，她們就出現在了各式各樣的詞作中。

讀宋詞，讀點綴其間的她們，有酒詩茶畫，也有聲色犬馬；有對藝術生涯的執著追求，也有許多哀愁怨懟，日子婉約著過去，沉入宋代深處。

＊以水光山色，替其玉肌月貌

秦樓楚館的曖昧與柔情

寒蟬淒切，對長亭晚，驟雨初歇。都門帳飲無緒，留戀處，蘭舟催發。執手相看淚眼，竟無語凝噎。念去去，千里煙波，暮靄沉沉楚天闊。

多情自古傷離別，更那堪冷落清秋節！今宵酒醒何處？楊柳岸，曉風殘月。此去經年，應是良辰好景虛設。便縱有、千種風情，更與何人說？

柳永與友人話別，酒席就設在江邊。燈光隱約，暮色低垂，千里煙波，江心搖曳著月光，大家都醉了，該說的話卻還沒說，該喝的酒繼續喝。但誰都阻止不了離別，江上蘭舟催發，柳永只得把所有的離愁別緒，交付給江上的清風皓月。

柳永賦完〈雨霖鈴〉，扭頭就走，決定要一鳴驚人。

不過，他的運氣並不好，可以說很是倒楣：第一次趕考，落榜了，第二次又落榜。倘若是別人，第一次落榜，便回家繼續苦讀，等待第二次，即使第二次落榜也還會繼續，如此循環往復，直至年暮體衰；也可能看透官場腐朽，早早放棄中第的念頭，隱歸山林，遠離俗塵憂惱，清寡快樂。

然而，自命不凡的柳永卻錯愕皇帝屢疏賢才，只能以最拿手的填詞來表達心中的憤怒：

黃金榜上，偶失龍頭望。明代暫遺賢，如何向？未遂風雲便，爭不恣狂蕩？何須論得喪。才子詞人，自是白衣卿相。

煙花巷陌，依約丹青屏障。幸有意中人，堪尋訪。且恁偎紅翠，風流事、平生暢。青春都一餉。忍把浮名，換了淺斟低唱。

柳永說，我當不了官有什麼關係呢？只要我有才，一樣被社會承認，我就是一個沒有穿官服的卿相。要那些虛名有什麼用，還不如把它換來喝酒唱歌。

這本是一個他私底下發的小牢騷，但柳永或許不清楚自己詞作的份量，它那美麗的詞句與音律已征服了所有歌迷，覆蓋了官家和民間的晚會，皇帝仁宗一聽自然大為惱火，硃批幾字：「此人風前月下，好去淺斟低唱，何要浮名？且填詞去。」皇帝這道「聖旨」，徹底斷了柳永入仕的路徑，功名真正的離他遠去了。

秦樓楚館裡，你會看見一個詞人，衣衫扶風，星眼劍目，口中汩汩而出的詞句，瞬間就散落在紙面上，過往的女子都說，那就是倜儻風流的柳七。人生得失平衡，在被關閉一扇門的時候，必定會打開另一扇窗，柳永民間的崇拜者日益增多。

因為他才華橫溢，有這資本就足夠了。

宋代娛樂事業之發達，幾乎任何朝代都不及。對青樓女子來說，需要做宣傳，提高市場關注度，當時就有「評花榜」，也就是選哪個青樓女子在才色品貌上最佳，類似選美，如果有才子吟一些佳句，影響更是非同小可。柳永坐鎮評花榜，影響力可謂巨星級別，有他的詞，哪怕是一句，身價就能倍漲。歌館伎樓這個使人墮落、揮金如土的地方，柳永的才華真的派上了用場。

師師生得豔冶，香香於我情多。安安那更久比和，四個打成一個。幸自蒼皇未款，新詞寫處多磨。幾回扯了又重挪，奸字中心著我。

那日，柳永在街上正走著，聽見樓上有人高呼其名，原來是名伎張師師，登樓之後要求填詞。眾人聞訊而至，拉扯著柳永都要求填詞，互不相讓，柳永無法推辭，於是就有了這首妖冶的〈西江月〉。「奸」在詞中的意思是「所重」，柳永被三個女子看重，幸好女人只對女人野蠻，對才子只是一腔柔情。於是，柳永的青年與壯年的漫長歲月，掉進了秦樓楚館，在粉腮柔唇裡覓得一片天地，他將那些對女子的熾熱感情，都一一流於詞作中：

才過笄年，初綰雲鬟，便學歌舞。席上尊前，王孫隨分相許。算等閒、酬一笑，便千金慵覷。常只恐、容易蕣華偷換，光陰虛度。

已受君恩顧，好與花為主。萬里丹霄，何妨攜手同歸去。永棄卻、煙花伴侶。免教人見妾，朝雲暮雨。

她們都說，柳詞是清苦多愁的，他摒棄詩的韻律所帶來的節奏快感後，歸於慵懶和鬆散，卻又在長長短短、重重疊疊的字句中飽溢情思，和她們的身世如此相似。她們多半是迫不得已的墮落，在這個職業裡，她們看盡了世態炎涼，在金錢和肉體交易的背後，親人引以為恥，路人不屑談及，嫖客只認一時之歡，同行還會互相嫉妒詆毀，精神隨時都可能崩潰。柳永這闋〈迷仙引〉是如此親近伎女的靈魂，她們甚至只有在痴情吟唱柳詞時，才能感覺到生活的意義。

瀟瀟霜緊，紅衰翠減。柳永容於青樓卻不容於官場，於是等待他一生的便是這潦倒清貧。

「群伎合金葬柳七」是他的去處，即使沒有親人的哀號悵惋，也牽慟了整個京城的淚水。

你見過全城伎女出動的景象嗎？無論名聲大小，是否接受過柳永的「臨幸」，都身著白衣喪服，為之送葬。她們相互攜伴，手與手牽在一起，一路撒些淡白的花瓣，飄過宋詞的天光水影，那是一種無與倫比的美麗。

是誰的情歌在幽谷迴蕩？是誰的裙裾在風裡輕揚？她們立定在柳永墳前頌詞的場景，是千年後獨屬於柳永的風流詩情與畫意。

第四章 天上人間，傾世愁情

你有多少華年，可以歌頌流逝的歲月？總以為他人對自己都是真誠，總以為夢都會成真，誰知事與願違，卻是一身寥落、無人喝彩的落幕。流年中，袖底長風，可解那一霎的情愁？

一段淺斟低唱，隨春水向東流

南唐以金陵為都，江淮地區為主要區域，李煜生長在標準的江南，從區域文化上看，南唐必然被趙宋家族併吞。

江南迤邐，這方水土確實令人醉生夢死。寒冬季節，北方鵝毛飄落，而江南卻是「怪得北風急，前庭如月輝。天人寧許巧，剪水作花飛」，這是詩人陸暢的詩〈驚雪〉，前院如月亮照耀一般明亮，誰會想到有一個美麗的仙人在雲霞掩映的天上，用巧手剪水作花呢？江南的雪是花，彷彿帶著江南人特有的細膩柔情；江南雪的韻味，絕然不同於北方的雪，燕山雪花大如席，像粗壯的北方漢子一樣爽朗，而不會如花如蝶般輕歌曼舞。

這就是李煜生長的江南，趙匡胤鐵騎尚未南下，李煜已經願意向宋稱臣；但當趙匡胤發出「江南何罪，但天下一家，臥榻之旁，豈容他人酣睡」的慨嘆後，李煜的偏安也到了盡頭，最後「肉袒以降」的李煜成了「違命侯」。

「違命侯」這三個字到底是殊榮還是羞辱呢？有人說，「好死不如賴活」，然而這個尷尬得有些卑賤的官職，好像並沒有為李煜帶來生的尊嚴，倒是人間的悲歡離合、春秋苦度，深深扎疼了他的心。

愛妻小周后嘉敏被宋太宗趙光義看上，一時深陷水火。這個時刻，李煜又是怎樣的一種心情？

蓬萊院閉天台女，畫堂晝寢人無語。拋枕翠雲光，繡衣聞異香。潛來珠鎖動，驚覺銀屏夢。臉慢笑盈盈，相看無限情。

這首〈菩薩蠻〉是李煜和嘉敏幽會的見證。那時，嘉敏還是李煜的小姨，一派濃郁的詩意氣氛，一個身居於蓬萊仙苑，容貌如天台仙女的女子，被李煜撞見，在雕金鏤玉、琳瑯滿目的廳堂中，美人午睡，怎不撩人心扉？

隨後便是二人熱切的偷情歲月。

相比於述說趙宋滅南唐，相比於敘說李煜之文學成就，大家更願意看看這三個人的愛恨情仇，小男女的愛恨情仇。國情危機，大周后病重，李煜卻沉淪到與小姨欲罷不能幽會，這種逃避，真是別樣的快樂。

＊起汲新泉漱齒牙

他在〈後庭花破子〉中寫道：「玉樹後庭前，瑤草妝鏡邊。去年花不老，今年月又圓。莫教偏，和月和花，天教長少年。」「去年」和「今年」都是虛指，寫美好的生活畫面。天教長少年，他多麼希望自己永遠沉浸在少年無憂的美夢中。

才高八斗在詩詞，卻無所作為在前朝，來自北宋的壓力日漸沉重，他的夢不是擁有一片大好河山，只是無憂的淺斟低唱。

周后娥皇、嘉敏二人，是南唐功臣大司徒周宗的女皃，南唐史書記載均有「國色」。周后娥皇陪伴李煜的那幾年，李煜常常在宮中營造銷金紅羅幕壁，鑲以白金和玳瑁，並插上奇花異草，起個名字叫「錦洞天」，在其中作詞嬉戲；而每到七夕，就命人用紅羅絹裝扮成月宮天河的情景，一派奢華靡麗。

他以為這是永恆的愛，這就是生活，不過比起妹妹嘉敏，娥皇無疑還是幸運的。她與李煜度過了幸福的時光，而嘉敏卻要面對更多的不幸。

做個才人真絕代，可憐薄命做君王。亡國不說，妻子也被人羞辱，李煜詞絕五代，但在皇帝中卻是個笑柄。

哀其不幸，怒其不爭。李煜的家國慘劇與他儒雅懦弱的文人氣質脫不了關係。相傳，李煜被俘後，曾與趙匡胤同席飲酒，趙匡胤給他出了題，要求李煜以手中的團扇為題，念上幾句。李煜稍作沉吟，隨即吟出兩句〈詠扇〉詩：

「揖讓月在手，動搖風滿懷。」

揖讓答禮的時候，團扇在手，如揮動一輪明月；扇子搖動，清風滿懷，心曠神怡。對仗工整，意境也很好，充滿文人小情調。趙匡胤聽後卻大笑：「好一個翰林學士。」李煜面容慘淡。

文人把扇，紅袖添香，是古代雅士追求的一種浪漫生活方式；但作為一代君王，未免顯得小家子氣。趙匡胤雖是靠棍棒起家的赳赳武夫，卻是有資格嘲笑李煜。想當初徐鉉來朝，徐鉉盛讚李煜博學多藝，有聖人之能，質問趙匡胤你能有什麼句子？

趙匡胤說他尚未發達時，一日路過華山，喝得大醉，竟在田裡地睡了一覺；醒來之際，恰好一輪明月冉冉而出。於是趙匡胤脫口一句「未離海底千山黑，才到天中萬國明」。徐鉉大窘，這大氣「滿懷之風」確實比不得。

在時間的長河中，每個人都在趕路，李煜則選擇在一個寂寞的黃昏上路。在中國最浪漫的七夕，也是李煜四十二歲生日那天，在一曲「春花秋月何時了，往事知多少！小樓昨夜又東風，故國不堪回首月明中。雕欄玉砌應猶在，只是朱顏改。問君能有幾多愁？恰似一江春水向東流」（〈虞美人〉）後，趙光義賜給他一杯毒酒。

不管如何忍氣吞聲，不管如何忍辱負重，趙光義最終還是沒有放過他。

雕欄玉砌應猶在，只是朱顏改。時光不再，改變的太多了，你還記得故國的花、月、雕欄嗎？你還記得那無數的丘壑，那看不盡的風光，還有那人生的跌宕起伏嗎？

那一江春水流去了哪裡？每個人都曾經是個少年，以為長大夢都會成真，以為初登場就會一鳴驚人；誰知事與願違，卻是一身寥落、無人喝彩的落幕。

幾曲笙歌醉夢間，故國已換新君，一切終得變。李煜不屬於宋朝，但與宋朝有著太多的聯繫，他為宋詞奠定了基本的腔調，垂淚對宮娥的李煜，似乎也凋零在宋朝的花枝上。

小園香徑獨徘徊，小園香徑香如故

一曲新詞酒一杯，去年天氣舊亭台，夕陽西下幾時回。

無可奈何花落去，似曾相識燕歸來。小園香徑獨徘徊。

晏殊的這首〈浣溪沙〉是宋詞小令的代表之作。清麗脫俗，以曲轉無限嗟嘆之情見長，景中見情，情中有思，可以說是開了宋朝小令的先河。

晏殊仕途顯貴，十四歲以「神童」入試，在宋仁宗一朝官至宰相。在我們看來，位極人臣又務進賢才，一代豪門必是歡聲笑語；可是細細讀他的句子，繁華背後，也有人生的種種寂寞和無奈。

一曲新詞酒一杯，去年天氣舊亭台。在閒適自得的日子裡，把酒言歡，聽曲暖暖，在這樣酒醺微醉的情境之下，情不自禁的追憶起去年今日，景色美麗依舊，心情卻不復當年愉悅；夕陽西下幾時回，筆鋒一轉，從略帶悠閒的心態，變換為暮色下的憂思，是一種對生命流逝的無限感嘆。

無可奈何花落去，似曾相識燕歸來。這一聯是這支小令中最為人稱道的一句，也最為人熟知。

花開花謝，歲月更迭，是人力無法控制的自然變化，逝者如斯夫，即便痛惜美景不再、留戀昔日歡樂，也是徒然。無可奈何四個字，將晏殊的惋惜心情清晰地展現。而再度歸來的燕子，是去年來此的舊相識嗎？

在香飄滿園的小路上獨自徘徊，晏殊在想些什麼？思考些什麼？更多的恐怕是裊裊惆悵。

晏殊的詞集叫《珠玉詞》，詞集名和風格實在非常契合，而也就是這珠圓玉潤的晏殊詞，閃耀著淡淡詩意的生命之光。讀他的詞，我們常身不由己地陷入，又隨著他茫茫地走出。在這來來回回中，我們一次次體會對逝去歲月的惆悵，甚至有人生的苦痛：

> 綠樹歸鶯，雕梁別燕。春光一去如流電。當歌對酒莫沉吟，人生有限情無限。
>
> 弱袂縈春，修蛾寫怨。秦箏寶柱頻移雁。尊中綠醑意中人，花朝月夜長相見。

春風吹到了家門前，但不用多久，鶯歸燕去，春天就像一抹電光溜走了。

人生有限，歲月裡留下的深情卻是無限。晏殊這裡說的是男女之情，希望杯中有酒、心中有愛人，盡情享受花朝月夕的美好時光。

這首〈踏莎行〉傳遞出來同樣的喟嘆。晏殊突然覺得時光是個令人生疼的字眼，對於流淌的時光河流，我們只能承認自己的無能為力。既然生在太平朝代，就盡情享受吧！朋友，且進這杯中美酒！

所以晏殊非常喜歡與客人暢談，歡笑達旦，甚至大部分是突然決定要留客。那要是有幾十人，沒有提前準備筵席，又該如何是好？

晏殊踱步微笑：那就先端酒上來吧。大家入座，我們來歌樂相佐、談笑填詞，「酒筵歌席莫辭頻」、「不如憐取眼前人」。

他的這種生活作風與詞風，直接影響了另一個人的命運，就是他的兒子晏幾道。

晏幾道是晏殊的幼子，同樣才華橫溢，他在富貴之家成長，難免年少輕狂，鬥雞走馬，縱橫詩酒，拿捏小令自然是得心應手。當晏幾道二十六歲時，是宋至和二年（公元一零五五年），這一年晏殊去世。原來貴為相門公子的晏幾道，淪落為一介布衣，過去「門前桃李重歐蘇，堂上葭莩推富范」的一代豪門已經煙消雲散。

到了神宗熙寧七年（公元一零七四年），晏幾道因好友鄭俠上〈流民圖〉反對王安石變法，因而受到牽連，身陷囹圄；後遇大赦天下被釋放，但回家後生活每況愈下，四十多歲才做了小官，晚年甚至到了衣食不能自給的程度。晏幾道既不肯依附權貴，又拙於謀生，只能透過緬懷既往的輝煌歲月，來安置失落的心靈：

夢後樓台高鎖，酒醒簾幕低垂。去年春恨卻來時。落花人獨立，微雨燕雙飛。

記得小蘋初見，兩重心字羅衣。琵琶弦上說相思。當時明月在，曾照彩雲歸。

時不待他，在他後半生的神宗時代，是蘇軾主導的慢詞黃金時代，晏幾道卻更加沉醉在「陽春白雪」，如這首〈臨江仙〉般的小令創作裡，只寫那些迴腸傷氣的悲歡離合，無法讓時人喜聞樂見。

蘇軾曾對晏幾道拒絕慢詞、堅持小令的做法十分納悶。一次，蘇軾親自拜訪晏幾道，想和他談心，而晏幾道從破舊的屋子踱出來，相當傲慢。因當今朝廷高官，多半是他晏府當年的舊客門生，他怎看得起這位新人？於是掉頭回屋。

而當時已名滿天下的蘇軾只能悻悻而回。

這麼一個任性倔強的落魄公子，獨自在微雨落花下，徐徐行走在紅香滿地的小徑；這麼一位不諳世事的豪門公子，依然及時行樂、淪落煙花，歌酒與回憶是他人生唯一的主題。

在現實面前，文人永遠都顯得那麼脆弱；在時光面前，詞人只能將它化成傷感的回憶。當晏殊、晏幾道都已經「零落成泥輾作塵」時，唯有詞，香如故。

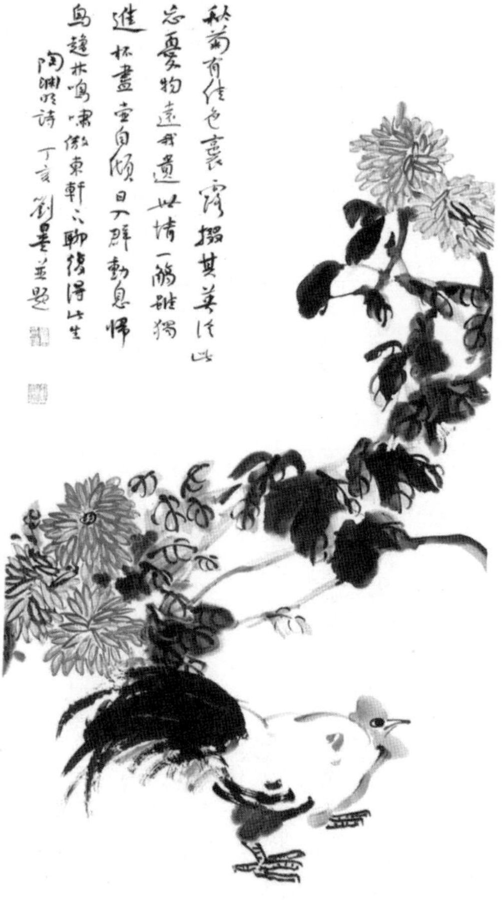
秋菊有佳色裛露掇其英泛此
忘憂物遠我遺世情一觴雖獨
進杯盡壺自傾日入群動息歸
鳥趨林鳴嘯傲東軒下聊復得此生
陶淵明詩 丁亥 劉墨並題

＊秋菊有佳色

滄桑月光下的心事

京口瓜洲一水間，鐘山只隔數重山。
春風又綠江南岸，明月何時照我還？

宋朝的月亮就那麼一個，而月下人的情懷，大抵也相同：王安石有這首〈泊船瓜洲〉，蘇軾有：「明月幾時有，把酒問青天。不知天上宮闕，今夕是何年？我欲乘風歸去，又恐瓊樓玉宇，高處不勝寒。起舞弄清影，何似在人間？」（〈水調歌頭〉上片）

政治上的失意讓人忘記了今夕是何夕，想要乘著清風飛上天去，又怕在月宮的瓊樓裡，挨不住九天的風寒，翩翩起舞望清影，看來還是人間的生活、故鄉的月色最為美好。

但願平安，但願長久一些，但願我們可以共享這皎皎月色。

他們兩位寫這個月亮的時候，是不是都會想起「詩仙」李太白；他們是不是都會在月滿西樓的時候，品讀〈靜夜思〉：「床前明月光，疑是地上霜；舉頭望明月，低頭思故鄉。」

漂泊天涯的遊子無一日不思念故鄉，才會在望月時生情，因情思鄉；夢繞魂牽，只盼還歸日，但當真正風雨燕歸來時，卻往往是近鄉情怯！所以王安石把舟停在京口慢行了。

此詩被後人歷代傳誦，是因為其中「春風又綠江南岸」一句，一個「綠」字妙不可言。這裡將「綠」作動詞來用，令人想到春天生動、萬紫千紅的形象，當真一絕。

同樣一絕的，是王安石的人生：他不僅是著名詞人，唐宋八大家之一，同時還是有名的政治家，曾大力倡議改革。

在那場著名的改革開始之前，淮南判官、鄞縣知縣、舒州通判、常州知州、提點江東刑獄等都曾經是他的頭銜。擔任地方官期間，他思考著社會問題，摸索著如何變革。他曾高喊「內則不能無以社稷為憂，外則不能無懼於夷狄」，但當時的皇帝趙禎根本不理他；直到治平四年（公元一零六七年），年輕的神宗即位，王安石的政治生涯才發生了大變化：先是升翰林學士，後又提為參知政事，兩度任同中書門下平章事。

一場在十一世紀的華夏轟轟烈烈、沸沸揚揚的變革也拉開了帷幕。

不過敵對陣營也立刻結盟，看一下王安石與神宗的敵人：元老重臣韓琦、富弼，大臣司馬光、文彥博，范仲淹之子范純仁、蘇軾兄弟，另外還有兩個女人：曹后和高后。他們中有幾個都是大名鼎鼎的重量級人物，這些人組成的反對派，力量之大，讓改革派處於下風，更像是王安石與神宗的一場獨角戲，改革路上的困難重重可想而知。

而為什麼要改革？在晚清前將近八百年裡，歷史學家普遍認為王安石的變法「禍國殃民」；然而站在今天的角度來看，確實必需變法。

到了神宗，國祚逾百年的北宋積病甚深，靜水之下卻是暗潮洶湧。盛世的歌還在吟誦，繁華的曲還在歌唱，詞人的作品也還在流傳，柔情在北宋的各個角落膨脹——但誰都得承認，時代已經變了，早已不是太祖時的繁華盛世，否則當年范仲淹也沒有必要慶曆革新，最後還抱憾而終。

而在這次改革，王安石將理財作為當務之急，頒布的變法內容涉及商業、農業、教育、軍事各個方面，改革面之廣，遠勝當年慶曆。而總體來說，新政奪取了商人大部分的利益，照顧了農民，但更多的是為了殷實國庫，故變法不可避免地讓貴族失去了「生意」機會，改革也就遇到了阻力。

一個有遠見卓識的變革，一代銳意進取的名相，最終卻在熙寧九年（公元一零七六年）告別政壇。偃旗息鼓的同時，也埋下了北宋滅亡的禍根——永無止盡的黨爭。

明月何時照我還？變法何日能再進行？一個人的回去，必然是另一派人的貶黜。

幾經周折，變法幾乎失去了原本的意義；而當王安石再次歸來，已不復當年「不怕浮雲遮望眼」的壯烈豪邁。美人白頭，英雄遲暮，心有餘而力不足，青山依舊在，已是幾度夕陽紅？王安石即使重得高位，卻多次請辭。

最終的最終，皇帝同意了王安石的請辭。他在老家江寧的自然風光中度過晚年，此間催生了不少清新的山水詩句，蓮花開落，季節輪迴，春風又綠江南岸，夢裡江南花正好，而這首〈江上〉便是其中之一：

江北秋陰一半開，晚雲含雨卻低徊。
青山繚繞疑無路，忽見千帆隱映來。

不瞭解他的人，或許對他這番閒情逸致頗為羨慕，何況「青山繚繞疑無路，忽見千帆隱映來」一句很有「山重水複疑無路，柳暗花明又一村」的豁達味道；其實，此時的王安石若真有如此雅緻，大抵也是在遣散心頭的鬱悶。

中國古代並不缺少山水化解文人心結，而這些心結又多與政治有所瓜葛。此時的王安石已經獨守「半山園」，這是供他晚年排憂解悶的一畝三分田，對於一個曾胸懷大志的政治家來說，這是莫大的悲涼，儘管這一切成就了中國古典詩詞中一幅美麗的風景。

再後來，王安石把半山園捐給佛寺，自己搬到秦淮河邊上的一幢民房居住。傍晚漁舟搖曳的燈火，點亮了深青色的夜幕，江上的漁夫傍在船廊的木樁上酣睡，不時發出鼾聲，看著黃昏與撩人的月色，王安石都想了些什麼？

有件意想不到的事，是蘇軾來拜訪過一次。當王安石是當紅宰相時，頗為清高的蘇軾很少登他的門，故現在蘇軾的到訪讓他極為感動，親自迎接。蘇軾先開口，用開玩笑的口吻說：我今天竟敢穿著這樣一身鄉野村夫的便裝來拜見大丞相。王安石朗聲大笑，說：這些繁文縟節，難道是為你我這樣的人制定的嗎！

二人同遊蔣中山，詩酒唱和、相處甚歡。當然，他們還是談到了政治，但是沒有過多糾纏昔日的對立；而在文學上，他們是真正的知音。也許他們都知道，儘管過去有那麼多恩怨，但兩人的名字會一同流芳百世；大約他們都懂得，在歷史的長河中，官場的榮辱得失是一朵浪花都激不起，只有傑出的詩詞文章會永放異彩。

在蘇軾回朝後的歲月裡，舊黨內部又分裂為「洛黨」、「蜀黨」和「朔黨」，彼此之間爭論不休。江湖中臥虎藏龍，人心又何嘗不是莫測高深？漫長的鬥爭持續，但這些與王安石已再無瓜葛。

王安石安靜地病歿在秦淮河岸，北宋也在他去世後的半個世紀走向滅亡。時間依然無情的流逝，誰是誰非都已塵埃落定。

唯一不變的是關於變法的爭論，以及當年跟宋朝一樣的月光，靜靜注視著蒼茫的大地。

細戲橫江上青山
落鏡中年四海不
當日映水成空天樂
閒看闆蓮舟揚晚風
兼陸竹林安南
陌石陶公愛
李易詩辛卯 劉墉
書

＊日映水成空

詩情皇帝，多少年華可以揮霍

我們在宋詞裡散步，會發現歷史像一個螺旋，每隔 定時期便會出現一段驚人相似的篇章。南唐滅國一百四十九年後，同一幕歷史劇再次上演：這一次，藝術家皇帝換成了「才到天中萬國明」，趙匡胤後代——宋徽宗趙佶。

說到這位皇帝，相比於述說一個時代沒落的感慨，我更願意看這位高高在上的男人墜落的心境。因為平民如我等，都沒有這樣的經歷，故無法知曉他那種高空直下的感受。

也許這種感受，只有徽宗自己才能有；很多情愫，真的只有冷暖自知。

> 裁剪冰綃，輕疊數重，淡著燕脂勻注。新樣靚妝，豔溢香融，羞殺蕊珠宮女。易得凋零，更多少、無情風雨。愁苦，問淒涼院落，幾番春暮？

憑寄離恨重重，這雙燕何曾，會人言語？天遙地遠，萬水千山，知他故宮何處？怎不思量？除夢裡有時曾去。無據，和夢也新來不做。

在這首〈宴山亭．北行見杏花〉中，徽宗依然文藝，說杏花是用潔白透明的素絲裁剪的，花瓣如同淡妝的仙女；可那嬌豔的花朵也最容易飄零，卻又有那麼多淒風苦雨，既無意也無情——道出徽宗在此情景下的愁苦。

花開後不久，院落中肯定只剩下一片淒清。

我被拘押著北行，誰能領會我的離恨重重？這雙燕子，又怎能理解孑然一身的心情？已走過了萬水千山，又怎能知曉故宮的情景？沉心思量，大約只有在夢裡才能相逢；可不知何故，近來竟連夢也沒有。

亡國之時的情景，徽宗不知道還記得否？在所有人記憶裡，當時故宮一片狼藉，搶、砸、死、傷、逃、嚎叫。這段歷史堪稱北宋最大的恥辱，淹沒在後人的斥責的唾沫中。

這情景比當年趙匡胤軍隊入南唐，有過之而無不及。同為文人皇帝，宋徽宗與李煜究竟有多少相似之處？

的確，趙佶與李煜頗有些淵源：民間傳說宋神宗曾去觀賞南唐後主的畫像，見李煜清俊儒雅，再三感嘆；不久，兒子趙佶誕生。又傳說孩子出生前，神宗曾夢到李後主來訪，故詩詞書畫之才，徽宗與後主並駕齊驅。

趙佶天資聰慧，醉心於書法和繪畫，十六、七歲已名滿天下。假使他沒有坐上龍椅，花前月下、琴棋書畫，就算不能因才情而永垂不朽，至少也能流芳百世。

但歷史的轉捩點總是出乎意料。「天教心願與身違」，哥哥哲宗駕崩後，因沒有子嗣，繼承人只好在兄弟中間選擇，而才華橫溢的趙佶就被選中。

後世對徽宗的評價不堪，《水滸傳》中這樣描述徽宗：「這浮浪子弟，門風幫閒之事，無一般不曉，無一般不會，更無一般不愛；即如琴棋書畫，無所不通，踢球打彈，品竹調絲，吹彈歌舞，自不必說。」

徽宗只有在藝術上能加分，書法還獨創出流傳至今的「瘦金體」，作畫上有傳世珍品〈臘梅山禽圖〉、〈杏花鸚鵡圖〉、〈芙蓉錦雞圖〉、〈聽琴圖〉、〈文會圖〉、〈雪江歸棹圖〉，幀幀都是滿分；而〈清明上河圖〉的成畫也是徽宗選拔的結果。

除了天賦異稟的才氣，徽宗的精緻細膩也無人能比：據說，一次宣和殿前的荔枝結果，孔雀在樹下啄食落下的荔枝。趙佶心血來潮，命畫師們畫一幅荔枝孔雀圖給他評賞；但他看完畫師的作品後，卻不滿地說：「你們雖畫得不錯，可惜都畫錯了，孔雀上土堆，往往是先舉左腳，而你們卻畫成了先抬右腳。」起初畫師們不信，反覆觀察後，果如趙佶所言。

趙佶除了才氣與李煜比肩，治國理朝之「能」，二人更是不分伯仲。

趙佶雖正值壯年，卻疏於政事；他的全副精神並不在朝政上，反而在大殿寫字習畫。負責擬旨的梁師成看準機會，竟敢在挑選官吏時模仿其筆跡，外遷官吏幾乎莫辨真假，一批執政、侍從便因此手段受到擢升；趙佶知道後不予懲處，甚至誇讚模仿的像。

趙佶的人生，是在芙蓉書畫、靡靡辭藻中度過的，他看不到國家的外患內憂，只迷戀眼前繁華的汴梁城。經過他二十多年腐敗的朝政，北宋真正走進了死胡同。宋徽宗一朝，出了一大批大名鼎鼎的奸臣，如蔡京、童貫、高俅、楊戩、朱勔、王黼、蔡攸、梁師成等。他們獨攬大權，隻手遮天，像一片滾滾濃雲壓得大宋喘不過氣來。

但已沒有多少年華可以揮霍。當北方鐵騎紛至沓來、攻城略地，趙佶的政府機關，卻像七拼八湊的雜耍戲團一樣，只求今天的演出能夠餬口——在這種情形下，已沒有時間思索百年大計和長遠謀略。

徽宗匆忙寫下「傳位於皇太子」幾字，留下一個爛攤子，帶著蔡京、童貫等人，以燒香為由，倉皇逃往安徽亳州蒙城。

已是日薄西山的國家，卻落在一個玩物喪志的皇帝手上，結局可想而知。

徽宗當了太上皇，他的兒子欽宗只做了兩年的皇帝，一家便被金人擄走，連同在開封的宗室、后妃、百官、工匠等三千多人都被擄往北地——北宋覆滅，史稱「靖康之難」。徽宗甚至比李煜還要慘淡，妻女慘遭金人蹂躪，不得善終。

徹夜西風撼破扉，蕭條孤影一燈微。
家山回首三千里，望斷天南無雁飛。
九葉鴻基一旦休，猖狂不聽直臣謀。

甘心萬里為降虜，故國悲涼玉殿秋。

這首〈在北題壁〉是徽宗的最後一首詩詞。幾番淒風苦雨後，與李煜最後一闋詞「雕欄玉砌應猶在，只是朱顏改。問君能有幾多愁？恰似一江春水向東流」何其相似。他住在整夜吹著西風的破屋裡，徹夜難眠；孤身一人面對同樣孤獨微弱的小燈，回首千里之外的故都，卻連一隻大雁也看不到。故國已面目全非，然而即使身處塵沙漫天的荒漠，那繁花似錦的汴京仍經常縈繞夢中。

這首雖寫得沒李煜的〈虞美人〉好，但亡國之悲、故國之思是一樣的。問君能有幾多愁？我要怎麼敘說這種愁苦？理想與現實相違，同為才子，獨不能為君。滿腹才氣都化作江山美景沉澱紙上；至於江山本身，對他倆來說，也許不如一支筆、一首詩。

公元一一二七年七月，徽宗派臣子曹勛從金國偷偷逃回南宋，帶著自己的貼身衣飾，上書「你（宋高宗）快來援救父母」。並哭著叮嚀曹勛，切記要轉告「我北行痛苦至極」。

然而這些都是無用，因為兒子此時正忙著，表示願意放棄帝位，向金朝稱臣。

宋徽宗終因不堪精神折磨而客死異鄉。

在時間的長河中，每個人都在匆匆趕路，徽宗也帶著他曾經繁華的王朝歲月，悲涼的走過。

聽一場雨，觀照一次人生

在「宋末四大詞家」周密、王沂孫、張炎與蔣捷中，蔣捷的名氣最大，扣上了最多人的心思，比如這闋〈一剪梅〉。

一片春愁待酒澆。江上舟搖，樓上簾招。秋娘渡與泰娘橋。風又飄飄，雨又蕭蕭。

何日歸家洗客袍？銀字笙調，心字香燒。流光容易把人拋。紅了櫻桃，綠了芭蕉。

這是蔣捷乘舟過吳江時，見一路風雨蕭瑟，鄉愁日漸深濃，對人生的浩嘆便油然而生。而「紅了櫻桃，綠了芭蕉」之句，節奏明快，色彩豔麗，更加深了「光陰易流逝、荳蔻彈指老」之感。

關於蔣捷的生卒、事跡，正史和野史都記載得很少；而從零星的資料中我們大體得知：

他生於南宋末年，與皇室沾親帶故，少年時享盡榮華富貴，是宋度宗咸淳十年（公元一二七四年）時的進士；但還未任職，元兵就攻破了臨安，南宋滅亡。蔣捷只得輾轉異鄉，飽經憂患，隱居不仕。

源於亡國之因，他的多數詞作都是對具有對比性的、對悵逝的感嘆。

人在不同年齡、不同心境下，對事物會有著不同的認知。這種感受，能從早他幾年的詞人辛棄疾的〈醜奴兒〉中得到：

「少年不識愁滋味，愛上層樓。愛上層樓，為賦新詞強說愁。而今識盡愁滋味，欲說還休。欲說還休，卻道天涼好個秋。」

而對蔣捷來說，這種「英雄所見略同」的悵逝，是從聽雨中得到。

在他的〈虞美人．聽雨〉中，寄生在僧廬裡，回顧「紅燭羅帳」的少年、「客舟斷雁」的中年和「鬢已星星」的老年時期，抒寫不同的聽雨感覺，那種無處宣泄的身世家國之感，也隨之傾瀉而出：

少年聽雨歌樓上，紅燭昏羅帳。壯年聽雨客舟中，江闊雲低，斷雁叫西風。而今聽雨僧廬下，鬢已星星也。悲歡離合總無情，一任階前，點滴到天明。

少年時，終日沉醉歌樓，那時候逐笑浮生，以為自己與憂愁悲苦無緣；如今想來，而這種青春風華的預留，也許就是為了與如今對比吧。所以少年時代轉眼成煙，而我已步入壯年，卻失去了少年時候的歡樂情懷，四周只有「江闊」、「雲低」、「斷雁」、「西風」這等淒涼景緻的點綴，陪伴往後的顛沛流離。

待到如今，連鬢角都已花白。國亡了，家安在？我的心早已隨著歲月風化了。

＊花鳥十二條屏之四

有很多的情懷已逝，很多的人逝物非。所以，當詞人嘗盡悲歡離合、歷經江山易主後，也埋葬了少年的歡樂與壯年的愁恨。「而今聽雨僧廬下」，代表萬事皆空，此時再聽到點點滴滴的雨聲，即使還是感到雨聲無情，心情卻坦然起來，所以「一任階前，點滴到天明」。

原來一闋〈虞美人〉，即是一個故事，一段人生。

聽雨聽出一段人生，在作家琦君的散文〈下雨天，真好〉中說得很明白：

「我從來沒有抱怨過雨天，雨下了十天、半月，甚至一個月，屋子裡掛滿萬國旗似的濕衣服，牆壁、地板都冒著濕氣。我也不抱怨。我愛雨不是為了可以撐把傘兜雨，聽傘背滴答的雨聲，就只是為了歡喜那下不完雨的雨天。為什麼，我說不明白，好像雨天總是把我帶到另一個處所，離這紛紛擾擾的世界很遠很遠，在那兒，我又可以重享歡樂和童年，會到了親人和朋友，遊遍了夢牽魂縈的好地方。優遊、自在。那些有趣的好時光呵，我要用雨珠的鏈子把它串起來，繞在手腕上……如果我一直不長大就可以一直沉浸在雨的歡樂中。然而誰能不長大呢？人事的變遷，尤使我於雨中俯仰低徊。」

琦君女士的童年、中年、老年，也歷經了許多人生的風雨。聽雨，其實都不是在聽雨，是在回憶少年歡樂，對比如今的苦難失落，來觀照人生，並坦然承受，對人生做一次最好的注釋！

就像蔣捷，他也許不是在聽雨，而是在追思自己這一生的顛沛流離；他可能也不是在寫雨，而是在書寫人生的淒風苦雨。「悲歡離合總無情」，自己唯一能做的，就是放下一切榮辱，淡然自適。

然而芸芸眾生，有幾人可以真正做到？又有幾人，能夠承受的了國破家亡的悲痛經歷？

第五章 牽了情絲，串起紅豆

在那時間的無涯荒野裡遇見，千言萬語只能無語，哦，原來你也在這裡。

張愛玲的文章，成為很多人詮釋完美愛情時的註腳。

會嗎？時光浩蕩，萬事阻擾，美好的相處稍縱即逝，愛是天時地利的迷信；在夢裡，希望有情人都能不辜負大好年華，終成眷屬。

多少紅塵深景，沉醉如隔世花影

常記溪亭日暮，沉醉不知歸路。
興盡晚回舟，誤入藕花深處。
爭渡，爭渡，驚起一灘鷗鷺。

那一年的百脈湖，款款蓮花的深處有一葉扁舟慌亂地搖盪。舟上是遊興未盡、酒意尚在的才女姐妹，她們在暮色中努力划呀划，找尋出路的焦灼心情，把在洲渚上休憩的水鳥都嚇得飛了起來。

這就是〈如夢令〉優美的場景，使人陶醉。不但讓李清照意猶未盡，沉醉不能自拔，也讓今日的我們，在相隔千年之後，感受到了少女內心的歡愉。

生命的交替更迭，總有些許薄涼。李清照還不及與母親共度人間的種種歡愉，母親便撒手人寰。花落之後，一地淒然；時光之後，一紙寂然。生命中，有些時光就如同花季般凋謝了，那凋謝的聲音又如同一首被遺棄在留聲機裡的歌，迷惘而淒婉。

母親過早離世，父親也不在身邊，李清照自幼生活在伯父家中。雖然幼年沒有至親陪伴，但家族深厚的學術底蘊以及伯父的仁淳德行，讓她接受了寬容不苛的教育。於是，整個童年是蕩漾在百脈湖上的歡歌，是堂兄妹之間的嬉鬧。她無所界限的成長，不在乎禁錮的禮教，自然如璞，清潤通透；而就是在這種環境下，李清照才得以成為率真伶俐的一代才女。

李清照的前半生是錦衣玉食、吟詩誦詞的安逸人生。作為官宦人家的千金小姐，她秀髮香腮，面如花玉。她可以躺在閨房中，或愣愣地看著沉香裊裊，或與侍女拌嘴；她可以用柔美雋麗的詩詞書寫自己美好的人生，甚至可以喝到酩酊大醉，以致不知歸路。

而在現代這個紛繁蕪雜的社會裡，李清照的詞讀來，擁有一種清澈的樂感。

李清照在享受著舒適生活的同時，也得到文化的教育，但她並沒有按常規：初識文字，嫻熟針繡，然後等待出嫁。自去汴京隨父親及繼母居住，她便飽覽父親的藏書，與父親學作詩，文化的汁液將她澆灌得貌美如花、內秀如竹。她的許多閨房詩詞以感情細膩、辭藻清麗而聞名一時，很大程度上是來自家學——李清照的父親李格非，是當時齊、魯一帶的知名學者，官至禮部員外郎。李清照自幼聰慧，在父親的薰陶之下，詩詞文章皆絕，善畫墨竹，書法之美麗端正也遠近聞名。

儘管父親認為詩詞是只有男性才能表達的風骨，柔弱的女子無法駕馭；但李清照暗自想讓父親眼前一亮。

結果她讓汴京，讓整個大宋為之驚豔。當時的汴京，人們都在爭相傳誦一閨雋麗的女子的詞作，人們給她詞女之美譽；直至千載之後的今天，我們都不得不為她〈如夢令〉中「綠肥紅瘦」之絕妙而驚嘆不已：

昨夜雨疏風驟。濃睡不消殘酒。試問捲簾人，卻道「海棠依舊」。知否，知否？應是綠肥紅瘦！

而此時，她已出落得越發美麗知禮、品流不凡；她已不再是山東濟南章丘，明水老家白雲湖上，歡歌對詞的女童，她已及笄，清潤可人。這一年，她像一朵含苞待放的薔薇，待字深閨，靜待知音的採摘。

蹴罷鞦韆，起來慵整纖纖手。露濃花瘦，薄汀沾衣透。見客入來，襪金釵溜。和羞走。倚門回首，卻把青梅嗅。

〈點絳唇〉一詞生動再現了李清照初遇心上人的情景。是蓄謀已久的造訪？還是緣份天定的偶遇？我們無須過問太多。

只是那天，那個男人站在門外輕輕叩響木門。他是博雅沉穩的太學生，也是金石收藏家，是世人眼中的少年英才。陌生青年的臉映照在清照的眸裡，出於及笄女子對生人的避畏，正在院內嬉耍的她慌忙躍下鞦韆，甚至來不及整理被汗浸透的衣衫，來不及梳理被風吹亂的髮絲，一路怯怯地跑過迴廊，但卻禁不住頻頻回望那個俊朗少年的身影。終於，隱沒入一樹青梅後，她微微轉頭，從枝葉的間隙瞥見少年的臉。而此時清照小鹿般的身姿也躍入趙明誠眼簾，那些碎步羞怯的遊走，讓他的心走向這個才情不俗的女子。

李清照的愛情不似陸游與表妹唐琬，也不似羅密歐與朱麗葉，只留下愛的悲傷；她的愛情一開始就跌在蜜罐裡。趙李兩家門當戶對，更難得的是二人除文學的雅興外，還有事業的結合點——金石研究。在封建時代父母之命、媒妁之言的婚姻下，能有這樣的愛情，真是天賜良緣了。建中元年（公元一一零一年），十八歲的李清照嫁給了趙明誠。

婚後不久，李清照的美好人生又更上一層樓，為我們留下了一部愛情經典。夫妻伉儷情深，致力於金石書畫的蒐集和整理，共同見證了東京汴梁的繁華歲月；而美滿的愛情和家庭，又為李清照的創作提供了優越的環境：

「共賞金尊沉綠蟻，莫辭醉，此花不與群花同」（〈漁家傲〉），她帶著幾分調皮穿梭於花簇間，與夫君笑鬧纏綿。

＊低頭照梳頭

兩人的婚姻，如同青梅隙間碎落一地的閃爍陽光，直白的幸福美好，而這全因於清照的脫俗與明誠的不凡。

然而這樣美好的時光，在清照漫長的一生中，卻極為短暫，不幸的事件接踵而來：父親李格非因「元祐黨爭」遠謫邊疆；公公趙挺之對年幼兒媳的態度，也發生了極大的轉變。而在那個父為子綱的時代，必然影響了趙明誠對妻子的態度。

然而，苦難才剛剛開始。

由於遭受封建社會的種種束縛，婦女的活動範圍有限，生活閱歷也必然受限，即使像李清照這樣的上層知識婦女，也無一例外。但相對說來，李清照對愛情的要求就會比一般女子來的更高，感受也更為細膩；所以當李清照與丈夫分別後，面對單調、孤寂的生活，再加上國家的變故，只能以惜春悲秋來抒寫離愁別恨。

倘若她不曾遇見那個鞦韆院邊，青梅隙間的身影；倘若她不曾擁有愛情，不曾擁有詞女之名，只是個平常女子，只有愚昧的喜樂，簡單得對鏡梳妝，簪上新鮮的花朵，為悅己者容；或緊緊隱沒在男人身後濃深的陰影裡面，安然馴順。

倘若……時光倒流，她馥郁的筆鋒由濃轉淡，她的詞作還會有那麼多哀愁嗎？

沒有倘若。

於是晚來，只留下李清照一人，三杯兩盞淡酒，思故傷情；她不但好喝酒，而且還好喝烈酒：「險韻詩成，扶頭酒醒。」（〈念奴嬌〉）「扶頭酒」並不是一種酒的名字，而是指酒性很烈，一種易醉的酒。李清照不勝酒力，非要逞能喝烈酒，這一喝，常常不省人事，睡一宿還醒不了；然而，喝再多、再烈的酒，也驅不散心頭的愁。

她茫然地走在杭州深秋的落葉黃花中，吟出這闋濃縮了她一生痛楚的〈聲聲慢〉：

尋尋覓覓，冷冷清清，淒淒慘慘戚戚。乍暖還寒時候，最難將息。三杯兩盞淡酒，怎敵他，晚來風急。雁過也，正傷心，卻是舊時相識。

滿地黃花堆積，憔悴損，如今有誰堪摘。守著窗兒，獨自怎生得黑。梧桐更兼細雨，到黃昏，點點滴滴。這次第，怎一個愁字了得！

怎一個愁字了得？還有多少美好時光？還有多少紅塵深景？還有多少隔世記憶？

在飽經人生風霜後，她見過了許多別人沒見過的事，追求著許多人到不了的境界，這就難免有些悲哀。本來，三千年封建社會，來來往往多少人都只求心安理得、隨波逐流地生活，趙宋王室倉皇南渡後，不是也夾風夾雨、稱臣稱兒地苟延了一百五十二年嗎？儘管同時代的陸游憤怒地喊道：「公卿有黨排宗澤，帷幄無人用岳飛」（〈夜讀有感〉），但朝中的大人們不是照樣做官、花天酒地嗎？雖處亂世，多少文人不是照樣手搖摺扇、歌詠歲月地度過了一生？

但李清照卻不那樣做，她也做不到。因為國難、家難、婚姻之難都壓在她如黃花般瘦弱的身子上，就有了超越時空的孤獨和無法解脫的悲哀。古往今來，哪個女子能擁有這樣細膩的情感表達？

幾年離索，最絕美的相思情

最絕美、最令人心痛的思念，也許便是「一懷愁緒，幾年離索」——這是宋詞中最動人的愛情故事。

紅酥手，黃縢酒，滿城春色宮牆柳。東風惡，歡情薄，一懷愁緒，幾年離索，錯、錯、錯。

春如舊，人空瘦，淚痕紅浥鮫綃透。桃花落，閒池閣，山盟雖在，錦書難托，莫、莫、莫。

這是人們爭相傳誦的，大詩人陸游的故事。就是那個心懷家國，臨終不忘說「王師北定中原日，家祭無忘告乃翁」（〈示兒〉）的坦蕩真君子。他戎馬一生、氣吞胡虜，留下太多激揚沙場的詩作。在多數人的記憶裡，陸放翁只是那個耿直豪邁的大男人：礪鬚花鬢，胡風夾雜著沙礫，將歲月一道道刻蝕進滄桑的面容。都以為這個男人，他粗獷的生命裡沒有太多細膩哀傷的故事，直到聽到那一聲淒絕的嘆惋，直到看到那個風華正茂的少年。

那年初夏，陸游還是個瓷潤少年，迎娶了清麗的表妹唐琬。那一頂花轎，那一扇朱門，那一襲石榴褶裙，那一枚溢光流彩的鳳釵，都是幸福的見證。兩小無猜結為連理的感情，在那個時代實在難得，唐琬一樣才華橫溢，與陸游志同道合，這一切的一切，使得這段婚姻近乎美滿。

但誰也難逃那個年代共同的命運，太過灼人的才華會招來旁人的嫉妒；同樣，太過濃密的幸福也會成為阻礙。

陸游夫婦恩愛無間的感情，卻成為陸母口中耽誤兒子前程的阻礙；幾經掙扎後，最終母命難違，陸游只得休了唐琬。但現實的無奈阻擋不住相愛的兩個人，陸游曾經另築別院安置唐琬，就像拿最後的屏障來保護自己的愛妻，即使只能藏匿，也要繼續相守，但終被陸母察覺。她命陸游另娶了一位溫順本分的王氏女子；與此同時，唐家也將唐琬嫁給皇家後裔同郡士人趙士程。

相思無果，蕭郎從此是路人。

故事似乎已經到了盡頭，其實不然；它仍繼續譜寫著，像一朵快要凋謝的花，即便快要香消玉殞，也要留下最後的絢麗。

多年之後，陸游早已中第，卻仕途不暢，報國無門；而唐琬婚姻也很和滿，兩人似乎不會再有交集，上天卻讓他們相遇了。

而這一次相遇，就是悲劇真正的終結。

那一日，陸游遊覽沈園。午後的陽光從樹隙間落下，斑駁錯落，那碎了一地的陽光，又勾起陸游淺淺的思緒：雖然已與新妻生兒育女，也相敬如賓，可內心深處的無奈殘缺怎樣也無法釋懷。陸游且行且環顧，就在那一秒，那一道遠處的迴廊門洞，分明是日思夜念的婀娜衣裙。唐琬夫婦也正同遊此園，而無人料及，多年後會如此尷尬的四目相對。

為什麼那一秒，你的眼眸中依舊有恍惚的憂愁？或許你與我一樣從未真正走出去，都深深陷落在往事的圍城裡。

唐琬的新夫趙士程是個知書明理的人，他寬容地笑笑，對手足無措的唐琬說：

「你表兄來了，你們是親戚，又多年不見，何不去聚聚呢？」

於是唐琬攜丫鬟與一壺好酒，輕步向陸遊走去，雖僅隔咫尺，可等待卻太過漫長。飲罷一杯酒，這對曾經深深相愛的兩人分別敘說後來，終於得面對那殘酷無奈的結局，今生機緣已盡，復合再也不會有任何可能。唐琬斟滿酒杯，舉至齊眉，她深知盡完這一杯，他們從此就是生人，不能在有任何糾葛。

陸游的不甘與不捨，皆隨這杯酒送入愁腸，在此之後唯有肝腸寸斷。

唐琬走後，陸游就揮手寫成了〈釵頭鳳〉。

錯、錯、錯。莫、莫、莫。六字疊出來的相思幾近撕心裂肺。與之相比，李清照的相思詞〈一剪梅〉倒顯得清新別緻：

「紅藕香殘玉簟秋。輕解羅裳，獨上蘭舟。雲中誰寄錦書來？雁字回時，月滿西樓。

花自飄零水自流。一種相思，兩處閒愁。此情無計可消除，才下眉頭，卻上心頭。」

面對似幻非幻、似夢非夢的月滿西樓，李清照對遠方的丈夫生出了一份濃濃的思念；而獨立沈園的陸放翁，只能任風霜侵透衣衫，侵透不堪回首的過去，侵透湖面拉下的長長倒影。

唐琬看到了這闋詞，恐怕那一字一詞已深深刺穿她心底；而傷情再難平復，於是她也和了一闋〈釵頭鳳〉：

世情薄，人情惡，雨送黃昏花易落。
曉風乾，淚痕殘，欲箋心事，獨語斜欄，難、難、難。
人成各，今非昨，病魂嘗似鞦韆索。
角聲寒，夜闌珊，怕人詢問，咽淚裝歡，瞞、瞞、瞞。

「山盟雖在，錦書難托」、「欲箋心事，獨語斜欄」，這樣淒絕的嘆惋，卻又如此動人。

相愛卻不能相守，相知卻無緣相許，就是這樣的無奈傷情，讓唐琬自沈園回去後一病不起，命運終將她的性命毅然奪去，那時唐琬年僅三十歲。

故事至此，也便告一段落了。陸游與唐琬那相思愁緒就像心口的病痛，不觸則已，一經碰觸，便隱隱作痛，牽動全身。這種痛伴隨著陸游之後的生命，能看到那個青澀痴情的少年漸漸長成沉穩敦實的男人；他不再哭哭啼啼，也不再滿腹愁思，年華走過他顴骨分明的臉頰，戎馬倥傯磨練出男人的意志。

我理解這種情感。月滿西樓時，你是否時常會思念所愛的人？多年離索，斜欄獨語，一切放於心底。也許真正的愛情，並不需要長相廝守，因為真，在第一眼就已經深深沁入骨髓，生生死死。

用情深處，情郎多念舊

歷代悼亡詩中，唐代詩人元稹的〈離思〉曾經是一枝獨秀：

> 曾經滄海難為水，除卻巫山不是雲。
> 取次花叢懶回顧，半緣修道半緣君。

元稹的亡妻韋叢，是當年太子少保韋夏卿的小女兒，二十歲時嫁與元稹，婚後跟著元稹受了不少貧困之苦，但兩人一直情深意篤、恩愛有加。「昔日戲言身後意，今朝都到眼前來。衣裳已施行看盡，針線猶存未忍開。尚想舊情憐婢僕，也曾因夢送錢財。誠知此恨人人有，貧賤夫妻百事哀。」（〈遣悲懷其二〉）韋叢是賢淑而美麗的女子，不但才情與元稹相通，生活上也對他體貼入微；然而在韋叢嫁給元稹的第七個年頭，卻不幸撒手歸西，元稹所受的打擊可想而知。

「取次花叢懶回顧」，以生活中的枝微末節表現深情：若愛過一個這樣的女人，誰還會被花叢裡的花吸引？

而在宋詞中，也有一段感情可與之相比，並因為詞可以唱，這闋賀鑄的〈半死桐〉甚至更加淒清：

重過閶門萬事非，同來何事不同歸？梧桐半死清霜後，頭白鴛鴦失伴飛。

原上草，露初晞。舊棲新壟兩依依。空床臥聽南窗雨，誰復挑燈夜補衣？

我再經過閶門的時候，一切都與上次不一樣了，為什麼我們不能與前去一樣，再一同歸來？夜半獨自難眠，聽著窗外雨聲，恍惚中又看到妳挑燈在為我縫補衣裳。

生離死別後，這樣的家常瑣細，如此莊重地寫在紙上，是詞人不加修飾的思念。衣服是最貼身親近的事物，而上頭的暗香淚痕，總是提醒著詞人曾經有過的溫情日子，哪怕只是密密針線，都會回想起那燈下的人。

＊春光已在水邊樓

而這一闋〈半死桐〉，在悼亡詞中應該能與蘇軾的〈江城子〉並稱雙璧吧。

十年生死兩茫茫，不思量，自難忘。

千里孤墳，無處話淒涼。縱使相逢應不識，塵滿面，鬢如霜。

夜來幽夢忽還鄉，小軒窗，正梳妝。

相顧無言，唯有淚千行。料得年年腸斷處，明月夜，短松崗。

彷彿又看到妳臨窗梳妝的樣子，不禁讓我肝腸寸斷、淚灑千行，我們還能回得去嗎？

蘇軾才高，悼亡詞寫盡夫妻之間的死生別離，讀之令人落淚。但蘇軾一生，並不缺女人，他在原配王弗逝世後，繼娶王弗的堂妹王潤之為妻，後來又有朝雲相伴，逢場作戲以及紅顏知己史書上記載的更多；如此說來，我們的大文豪應該不會太過寂寞，故每次讀他這一闋幾成人間絕唱的〈江城子〉，總感覺少了幾分深情。

同為悼亡，更多人為賀鑄感到心酸。賀鑄是趙宋之後裔，懷文武奇才，卻位沉下僚，他的妻子趙氏亦出身皇族，卻始終任勞任怨，伴隨他半生，夫妻感情想必非常深厚。少年夫妻老來伴，多少年艱辛都攜手走過，妻子卻突然撒手人寰，剩下賀鑄孤苦伶仃。

「生同衾，死同穴」是古代男女的愛情理想，即使生不能同處，死也要同眠。愛人先去後，賀鑄看著眼前妻子縫製的衣服，整整齊齊的擺放著，雖然衣裳已有些年頭，看起來卻和新的一樣；用手撫摸每一處針腳、每一枚鈕扣，似乎往事就要傾覆而出。而對賀鑄來說，這補出來的每件衣衫都彌足珍貴，因為是由世上最懂他的人挑燈縫補，並且她永遠不會再回來。

「梧桐半死清霜後，頭白鴛鴦失伴飛。」此後無論還有多少苦難歲月要捱，賀鑄永遠都只有形影相弔、獨行獨臥。

如此光景，怎能不讓人心酸落淚？

我理解賀鑄的這種情懷：午夜驚醒，天上正覆著一層薄雲，而他居然能隔著千年的歲月，用「空床臥聽南窗雨」寥寥數字，讓現代的讀者感同身受。

我們都明白：有情未必能終老。所有的美好終究會慢慢逝去，沒有我的靈明，誰能仰凌雲山高，誰又能睹美眷如花？

我們要做的，只要心心相惜，記得相處時彼此微笑的剎那。

潘安曾說：「如彼翰林鳥，雙棲一朝隻。如彼游川魚，比目中路析」（〈悼亡詩〉）。

我們就像深林中的鳥，曾經出雙入對，如今我卻孑然一身；生活繼續，而我見到的人都有些像妳。

一方的缺席並不足以讓愛情消失，因為它已成為永恆的傷痕，只消微動，就會隱隱作痛。正如張愛玲所言：「我想表達出愛情的萬轉千迴，完全幻滅了之後，也還有點什麼東西在。」

深知是自己所愛，卻要揮手告別，由此誕生了最深情的佳作。

在宋詞裡，我們總能看到痴情的人們書寫悼亡，方知白色的柬帖才是情最深處，同時也是詞人生平的絕唱。

江水滔滔，相望於長江尾

我住長江頭，君住長江尾。
日日思君不見君，共飲長江水。
此水幾時休，此恨何時已。

只願君心似我心，定不負相思意。

還記得〈上邪〉嗎？「我欲與君相知，長命無絕衰！山無陵，江水為竭，冬雷震震，夏雨雪，天地合，乃敢與君絕。」

漢樂府中的痴情難離，道盡了多少人對長相廝守的渴望；而多年後，宋代詞人李之儀一闋寄情於山水的小令，更是清麗流暢。似望夫崖上的女子，與相思之人相隔千里，而難以相逢的惆悵，猶如長江流水，綿綿不絕。〈上邪〉與上述的小令〈卜算子〉，同樣引入山水，將苦情離愁融於其中，寄託作者道不盡的千言萬語。

李之儀為山東滄州人，而宋代山東的詞人不多。山東人豪爽，大抵會想到「氣吞萬里如虎」的辛棄疾，或者打虎的武松；故讀李之儀的詩詞，會覺得他非同尋常，和辛棄疾、武松是不同的類型，倒和同是山東人的李清照更接近。

不見又思量，見了還依舊。為問頻相見，何似長相守？
天不老，人未偶。且將此恨，分付庭前柳。

這是〈謝池春〉一詞的下片：站在妳面前，看著妳的眼睛，卻什麼也說不出來，但心裡堵得難受；我對妳的愛與思念，妳都知曉。但即使我們相愛，卻要揮手告別，著實心傷。

這種坎坷也是李之儀的人生寫照，作為宋神宗熙寧三年（公元一零七零年）的進士，元祐末年（公元一零九四年）他進入蘇軾的定州幕府，其才華受到蘇軾稱讚。能得到東坡先生讚賞的人，才當亦高，想來李之儀也是有些自喜。

然東坡才高，卻命不濟，連累得李之儀也被罷官；後來好不容易做了個管理藥庫的官員，御史石豫卻彈劾他曾為蘇軾幕僚，不可任京官，便再次被停職。

再後來，李之儀提舉河東常平。此時，奸臣蔡京當權，而蔡京與范仲淹的孫子范正平有嫌隙，李之儀又因曾師從范正平的父親范純仁，遭到蔡京挾嫌報復，將他貶往唐州。

李之儀後來雖然又遇赦復官，授「朝議大夫」，但他卻未去赴任。飽嘗了官場黑暗和人間疾苦的李之儀，早已看透，而找了一個寧靜之地——南姑溪河，長江下游的一條靜美之河隱居，而就像當年蘇軾謫黃州時自號「東坡居士」一樣，李之儀也自號「姑溪居士」。

李之儀隱居時，有個好友常往來，這個人就《夢溪筆談》的作者沈括。沈括此時居住在不遠的鎮江，當年他也曾積極參與變法，受到王安石的器重，擔任過管理全國財政的最高長官三司使等許多重要官職。但沈括後來的命運與李之儀差不多，先是被誣劾貶官，出知宣州，後來守邊疆，不久又遭誣，晚年只好移居夢溪園，專心寫作《夢溪筆談》。

我住在長江之源，你住在長江之尾。我日夜思念著你，卻不能相見，但至少你我同飲著一江之水。

這江水何時不再奔流？這幽恨何時能夠停止？但願你的心意與我相同，而我絕不會辜負相思情意。

姑溪居士李之儀，就在春日的下午，坐在這一闋宋詞裡，傾訴如江水一般綿長的相思之苦。掬起一捧江水，江水清洌；輕甩衣袖，使也結滿憂傷。

〈卜算子〉其實是李之儀寫給去世愛人的詞，是在極度痛苦中對愛情的呼喚。

當歲月流逝，所有的東西都消失殆盡後，唯有氣味仍戀戀不散。

試著將心事寫意成一幅水墨畫，聽憑南方煙雨滋潤的絕美詞章。總以為對你的記憶能夠在歲月中漸漸遺忘，但時光流轉，回憶反而像江南細雨一樣淅瀝，潮濕而黏著，依附於心，日漸清晰。

李之儀禁不住問沈括：沈存中（沈括字）兄，我要怎樣才能不惦記？

讀慣了平靜，看慣了圓滿，便覺得〈卜算子〉很美，總希望能遇見一樣的愛情。在知曉背後的故事後，便明瞭李之儀是在自斟自飲一種淡甜的毒藥，待些許清醒了，才知道古代的愛情並不都是完美。

「執子之手，與子偕老」，是否讀久了就覺得只是癡人說夢？「人生若只如初見」，若早知道是不完美的結局，是否還會有初見的怦然心動？是否就會在見到他時，轉過身去，徒留自己黯然神傷？

這是中國歷代詩詞的故事，也是我們日常生活中最貼身的感觸：從最初的「關關雎鳩，在河之舟」、到漢魏六朝的「盈盈一水間，脈脈不得語」，流經唐朝瑰麗的「黃河之水天上來」、「日出江花紅勝火，春來江水綠如藍」，最後淌入宋詞的「玉鑒瓊田三萬頃，著我扁舟一葉。素月分輝，明河共影，表裡俱澄澈」（〈念奴嬌・過洞庭〉）、「念去去千里煙波，暮靄沉沉楚天闊」。

愛情的絕唱不是分離，而是相愛卻無法相守，即使歲月如江水滔滔、無休無止，仍與你相望於長江之；而最終，那些所愛、所想，那些理解或者不能理解的故事，都會注入奔騰的河流，捲起千堆雪。

第六章　山水有清音

宋詞裡，山水間的風很輕，低眉舉手間都有一種風情萬種，使人魂牽夢繞。

而儘管時光流轉，回憶反而潮濕黏著，依附於心。故任憑年華老去，詩意仍然永存。

再見西湖時光，打濕心緒

若不曾去過西湖，那想像中的西湖會是什麼樣子？跟隨宋詞，跨過第一座拱橋，就走進了西湖的雨裡；滾滾紅塵中的心緒也被細雨打濕，便低眉順眼不再喧囂。

公元一零九零年仲春的蘇堤，猶如一條綠色的飄帶在雨中伸展，堤橋相接，橫臥湖上，南端繫住南屏，北端挽起棲霞嶺，綠霧似的堤上桃花盛開了，耐不住寂寞的還有枝頭的黃鸝，而我們與蘇東坡在堤上相遇了。

剛剛完成長堤修築的蘇太守，心情正佳。他臨風而立，面對煙水淼淼，詩情滿溢，千古絕唱便脫口而出：

水光瀲灩晴方好，山色空濛雨亦奇。

欲把西湖比西子，淡妝濃抹總相宜。

在這首〈飲湖上初晴後雨〉中，今古之人，湖中之景，景中之人，都高度融為一體。水光瀲灩，山色朦朧，這晴空朗照下居然飄起細雨；而纏繞在這湖光山色中煙雨瀰漫，令蘇軾將西湖喻為西施，無論淡妝濃抹，一樣光彩照人。這個比喻生動地將西湖的風采與美人完美結合，形神氣韻相得益彰，讓後人在留戀西湖的時候，同時感嘆西施的美麗，更讚歎蘇軾的才華。

這是蘇太守留下的文化遺產，它的價值不亞於那蘇堤春曉，不亞於江南煙花，也不亞於二十四橋明月夜。

盛夏的西湖，蓮葉接天一片碧綠，盛開的荷花在陽光下顯出別樣的嬌紅。遠處山色空濛，偶見高塔，如臨仙境。與楊萬里、林子方共賞西湖，便可知它真如詩詞中那般，青磚黛瓦，流水人家，一切都慢了下來。

畢竟西湖六月中，風光不與四時同。
接天蓮葉無窮碧，映日荷花別樣紅。

在這首〈曉出淨慈寺送林子方〉中，「接天蓮葉」的筆法波瀾壯闊，映日荷花也顯出別緻的甜美。楊萬里在寫西湖六月的時候，大概不是想著如何修飾西湖的美景，而是思考如何才能把美景說盡，如何從恢弘中點染絢爛生動，如何從於遼闊中捕捉情趣風韻——這似乎是宋代詩詞的特色，也是宋朝精神氣質的體現。

所以一般認為，宋詞本就沒有什麼豪放派。所謂的豪放，不過是婉約的延伸，雖然能夠綻放得更加絢爛，但終究是一朵世俗中的花，任憑如何風華絕代，也脫不了旖旎香軟，而這冷韻含香，又正如空谷幽蘭，搖曳

* 奮起宇生風

出醉人的芬芳。由古至今，沉在西湖裡的詩篇不勝枚舉，唯獨楊萬里這首詩，有著不同的情調筆法，也寫出了西湖的別樣風貌。

初秋繁華的臨安都城，華妍之中重重疊疊的青山，把西湖擁在懷裡，一座座樓閣雕梁畫棟，美輪美奐地呈現在詩人林升的眼前。那西湖的秋霜月下，掩映三潭美景，遊船上輕歌曼舞日夜不歇，而最大的那艘，大抵就是皇帝的御船。

山外青山樓外樓，西湖歌舞幾時休？
暖風薰得遊人醉，直把杭州作汴州！

西湖遊客如此之盛，而名景甚多，數不勝數，官宦遊人為表西湖之盛，「冊封」了西湖十景：蘇堤春曉、曲苑風荷、平湖秋月、斷橋殘雪、柳浪聞鶯、花港觀魚、雷峰夕照、雙峰插雲、南屏晚鐘、三潭印月。十景各擅其勝，而皇帝亦喜歡來此遊覽。

皇帝到西湖遊覽，乘坐大龍舟遊湖，各司各府均乘大船舫跟隨在後。一時間，整個湖面上百十來艘船，特別熱鬧；然而皇帝並不喜歡這種官家排場，更傾向於與民同樂，於是命令西湖邊做生意的百姓不得走避，照常買賣，歌舞依舊，可以無所顧忌。

這首〈題臨安邸〉記載著宋人的真實生活，熱鬧繁榮而非晚景淒涼，所以後人才說：宋代是最會玩樂與享受生活的朝代。從皇帝到百姓，都是不知歌舞幾時休的惰性。

不過以西湖之勝，令人產生極端的消費心理也是人之常情，這是宋代的一喜，也是一悲。不過，人們喜愛宋朝的理由，可能正是在此吧。

如此說來，若是不來看看西湖美景，是否就枉活一世？讀關於西湖的詩詞，滾滾紅塵被細語掩蓋，有隨意，亦有安詳。

儘管詩詞遠去，遊人與居民依然喜歡在西湖上作文章，在這裡，時而有一些秀氣的男女點綴其中，他們以不太實在的態度，過著非常實在的生活，水波瀲灩，遊船點點，氤氳的薄霧，沉入西湖深處。

生活真正的情趣和歡樂，也許只有在西湖之畔才能真正地體會。

田園，你心中最美的期盼

你有多久沒在田園中行走？在微微潤濕的空氣裡，瀰漫著讓人神清氣爽的花香，當你走進花海，一定會陶醉其中。色彩明麗的花隨處可見，而有些野花甚至高於腳踝，一伸手就可以摸到。

黃四娘家花滿蹊，千朵萬朵壓枝低。
留連戲蝶時時舞，自在嬌鶯恰恰啼。

杜甫在顛沛流離多年後，終於有了自己的房子，他在成都的浣花溪畔築了一座草堂，作為安身之地。春暖花開的時候，他的心情也變得異常輕快，來到江畔散步賞花時，便寫下了這首名篇〈江畔獨步尋花〉。

在詩詞中行走時，會發現杜甫的大部分詩歌，都凝結著濃重的哀愁，所以後世常覺他「苦大仇深」；倒是這首小詩，筆調輕快流暢，一洗往日的怨懟，春天的喜悅在字裡行間不斷迸發：黃四娘家的小路上開滿了繽紛的花朵，千萬朵的花把樹枝都壓低。彩蝶在花間流連忘返，還有自在的黃鶯嬌嫩地啼叫。春天在這條鄉村小路上盡情地舒展，繁花似錦，美麗的不僅是景色，杜甫的心情更是美麗。

這是詩聖杜甫少有的美麗時刻，這就發生在田園之中；而宋代詩人們少有的歡樂時刻，恐怕也是在田園度過。

茅檐低小，溪上青青草。醉裡吳音相媚好，白髮誰家翁媼。大兒鋤豆溪東，中兒正織雞籠，最喜小兒無賴，溪頭臥剝蓮蓬。

這闋詞和杜甫是如此相似：屋矮檐低的茅草房，門前有一道溪流，房前房後總是掛著瓜架，或許種絲瓜，或許種南瓜，它們攀上棚架，襯著綠葉，成了一種別有風趣的裝飾。這闋辛棄疾的〈清平樂．村居〉是真正的村居生活，大兒子在河東的豆田裡鋤草，二兒子正在編織雞籠，連最小的兒子也臥在溪頭剝蓮蓬。田園不僅風景秀美，人們的生活也非常快樂。

還有另一個人也表達了同樣美麗的期盼，而田園遊賞的閒適心境，是無與倫比的。

林斷山明竹隱牆，亂蟬衰草小池塘。翻空白鳥時時見，照水紅蕖細細香。村舍外，古城旁，杖藜徐步轉斜陽。殷勤昨夜三更雨，又得浮生一日涼。

遠處鬱鬱蔥蔥的樹林盡頭，有高山入雲，清晰可見。近處，叢生的翠竹像綠色的屏障，圍護著一所牆院，而這所牆院，正是詞人的村舍。靠近院落有一個池塘，有荷花、蟬聲、翻飛的白鳥，如此清新淡雅，構成一幅相映成趣的美麗畫卷。

這就是蘇軾的閒居生活，在這首〈鷓鴣天〉中，最後一句畫龍點睛：在這田園中，他又度過了涼爽的一天。「浮生」二字，化用《莊子．刻意》「其生若浮，其死若休」，盎然喜悅之情達到頂峰。

的確，還有什麼比此更舒適的時刻呢？作為農耕文明的代表，中國人似乎天生就對土地有一種親近感。且不說宋代文人失意後的田園隱居，很多現代都市人也喜歡在虛擬的空間，經營自己的菜園，房前種一片香草、花果，屋後養幾頭牛羊，雞窩裡還要養幾隻會下蛋的蘆花雞。也許是因為現代社會人高高懸在城市的上空，找不到腳踏實地的感覺，也正是這份虛空，所以才有更多的人迷戀網絡，鍾情於在虛擬的時空中構建自己的「桃花源」，尋找精神上的撫慰。

生活在擁擠的街區裡，人們的確是需要一些心靈的昇華，需要一些田園樂趣的調適。所以很多人都喜歡在放假時，去郊外渡假，既能在自然中放下沉重的負荷，也能在鄉村生活中尋得不同的體會。這也許是「農家院」、「農家菜」日益昌盛的一個重要原因。

儘管不一定如詩詞中描寫的那樣美好，但田園生活卻能帶來歡喜，在夕陽映紅的村落裡，在放牧歸來的牛羊走進的小巷中。老人惦念著放牧的孩子，拄著拐杖，倚著門扉，等著他們回來；野雞鳴叫，吃飽桑葉的蠶也休息，荷鋤歸來的農夫們彼此寒暄。一切都被夕陽鍍上了金色，讓人體會到一種閒適平靜。

於古於今，這樣安詳的田園生活，似乎都是人們最美的期盼。

衣暖，菜香，自我快意時光

春漲一篙添水面。芳草鵝兒，綠滿微風岸。畫舫夷猶灣百轉，橫塘塔近依前遠。

江國多寒農事晚。村北村南，穀雨才耕遍。秀麥連岡桑葉賤，看看嘗面收新繭。

這就是南宋詞人范成大的名作〈蝶戀花〉傳遞出來的清新、明淨：從田間抬起頭來，看著煙雨迷濛的江南遠山如黛，垂楊在半醉半醒中如近水綠煙，彷彿在畫中。人在畫中，在碧柳桃花中穿行而過，領略著江南的嫵媚與清秀，幾番快意，恍若置身傳說中的世外桃源。

文人何以快意？古人給了我們明確的答案。最快意之事，莫如李白之「御手調羹，貴妃捧硯，力士脫靴」，司馬相如之文君當壚，嚴子陵之與帝共臥……但此番種種，在南宋恐怕趕不上、也做不出來。

南宋這個苟且偷安的王朝，邊境不消停，人心不定，又如何能有盛世風光？縱有無數愛國志士，為復國而奔走疆場，身佩長劍，在颯颯風涼中獨自穿行，仍不能收復千山萬水；而未能上疆場的文人，詩詞出世，卻只能權作自言自語，沒有快意可言；甚至還有一些人，不提半點政治風光，選擇一頭栽進了菜圃——而沉溺田園最深的，當屬范成大。

范成大生於南宋，和他的著名老鄉范仲淹沒有什麼親戚關係，不過母親是北宋書法四大家之一，蔡襄的孫女，論起來也算名門之後；不過到范成大時，范家已然沒落，加上父母雙亡，他絕對是貧寒之士。日子已經很難熬，范成大還是家裡的長子，必須強撐著扶持弟妹。

范成大終於在宋高宗紹興二十四年（公元一一五四年）中了進士，最後官拜起居郎、假資政殿大學士，奉命出使金朝。為了改變接納金國詔書的禮儀，與索取河南「陵寢」地事，無論金人威逼利誘，他都無動於衷，以致差點被金人砍了腦袋。但他最終不辱使命的回朝，並寫成使金日記《攬轡錄》，後來一路做到了參知政事——這個范仲淹、王安石等人都擔任過的官位，相當於宰相，可謂一人之下萬人之上。

可范成大偏偏要跟宋孝宗作對，政見上幾乎都沒有共識，故兩月不足就辭職歸隱。

范成大決心歸隱後，定居蘇州石湖，號「石湖居士」。他從前書寫奏摺的手，如今拿起了鋤頭，不在乎是否變得粗糙。為了粗重的農事，他從頭到尾都變成了農民的樣子。范成大可不是說說而已，他腳踏實地、勤勤懇懇地勞作，也不是一時興起、偶爾為之，他這一下田就是好多年。

「種木二十年，手開南野荒」、「憶初學圃時，刀笠冒風霜」、「明日戽田並灌園，種苗種豆從此忙」。他若不是身體力行地實地考察，又怎能寫出〈四時田園雜興〉這麼好的田園詩？

鄉土人情瀰漫在他全部的生活中。

〈四時田園雜興〉宛如農村生活的長幅畫卷，共六十首，分為春夏秋冬四個詩卷。其中〈春日田園雜興〉十二首、〈晚春田園雜興〉十二首、〈夏日田園雜興〉十二首、〈秋日田園雜興〉十二首、〈冬日田園雜興〉十二首，生動描寫了田園四季的不同景象。

晝出耘田夜績麻，村莊兒女各當家。
童孫未解供耕織，也傍桑陰學種瓜。

初夏時節，白天鋤地、夜晚搓麻，農家男女各有自己的事情。而孩子哪裡懂得耕織之事，也模仿大人的樣子，也在靠近桑樹下的地方學著種瓜。這是農村中常見、卻頗有特色的景色，而詩人用清新的筆調，對農村初夏時的緊張勞動氣氛，作了細膩的描寫，讀來意趣橫生。

＊晨露曳光風

所以後人常說：田園詩方面，范成大是集大成者。而且他與唐朝的王維、孟浩然的田園詩不同，范成大在描寫民間生活的同時，也有訴說百姓之苦。

說到底，王維、孟浩然仍是以文人、士大夫的身分來描寫民間生活，他們對田園的讚美，很大程度上還是一種玩樂的態度。他們久居官場，諸事纏身，自然想要在寧靜和諧的田野中尋找安逸，實際上他們離農民還很遠。

但若真想瞭解一個群體，光在上面俯視是不夠的，必須走下台階與他們融為一體，才能感受到百姓真實的喜怒哀樂，而范成大做到了。

寫稱讚農民的詩簡單，也就是動腦提筆的功夫；可要屈尊成為一個農民，願意在田埂間被烈日曝晒、學習繁重的工序，體驗被汗水浸透衣衫的辛苦，並不容易。而因為范成大明白了箇中滋味，所以他會發自內心地尊重、同情農民，懂得他們苦盡甘來的歡樂，所以他的田園詩才能如此細緻真實，充滿了泥土的氣息。

梅子金黃杏子肥，麥花雪白菜花稀。
日長籬落無人過，唯有蜻蜓蛺蝶飛。

梅子變得金黃，杏子也越來越飽滿了；蕎麥花一片雪白，油菜花倒顯得稀稀落落。白天的時間拉長了，農民在田裡繁忙的工作，甚至中午也不回家，而無人走動的門前，只有蜻蜓和蝴蝶繞著籬笆飛舞。

而入世時述說人民疾苦，出世時則躲進田園的豈只是范成大。南宋四家尤袤、楊萬里、范成大、陸游，當中除了陸游以愛國詩詞聞名外，另外三人則以描寫民間生活著稱：范成大的詩明快流暢，尤袤的詩清新如水，楊萬里的詩則是活潑自然、別具新意。當時的南宋，戰事蕭條，政治上面臨危機，完全仰賴南方優厚的經濟條件，支撐著國家的財政收入，而這收入多數來自對百姓的盤剝和對外貿易。

儘管農村的生活依然艱苦，但尋常百姓家大多仍是小橋流水、海棠春睡的景象。江南的杏花煙雨，永遠是那麼輕柔纏綿，幻化出一種迷離的夢境。

泉眼無聲惜細流，樹陰照水愛晴柔。
小荷才露尖尖角，早有蜻蜓立上頭。

蜻蜓點水，微波不驚，泉水、樹蔭、荷花，皆是清新可愛的自然情景，讓人不忍踏足，破壞了這份景緻。楊萬里的詩總是充滿了「日長睡起無情思，閒看兒童捉柳花」(〈閒居初夏午睡起二絕句〉之一)的雅緻，以及「竹邊台榭水邊亭，不要人隨只獨行」(〈春晴懷故園海棠〉)的悠哉。他自創了「誠齋體」，捕捉自然和日常生活中容易被忽視、富有情趣的景象，並以俏皮的手法融進詩中。

其實民間生活的好與壞、悲與苦，詩人怎能不知，但他們並不平鋪直述，只透過田園詩側面反映，胸中壓抑的萬丈狂瀾成了深海，冰石中的深沉暗湧只是含而不露。田園生活是詩人、詞人的一種生活情趣，也是百姓希冀的生活氛圍，南宋還有許多像范、楊等熱愛田園的詞人，例如徐照（字靈暉）、徐璣（字靈淵）、趙師秀（字靈秀）、翁卷（字靈舒）四人。而因為他們同出永嘉學派葉適之門，其字或號中又都帶有「靈」字，所以被叫做「永嘉四靈」。「四靈」或為布衣，或任微職，都是落魄的貧寒之士；他們的生活面狹小，詩歌內容也較單薄，不過多有情趣。

南宋晚期，江南的詩詞天空依然讓所有的人都迷醉，讀者踏著詩詞中皎潔的月輝，感受幾多的繁華嫵媚。

若趕不上前代文人的風光快意，便只能讓自己的內心滿足；但其實，只有精神富足才能有真正的快意。當我們遊走在南宋的亂世，無論富貴潦倒，竟有如此多田園詩詞家，而當他們隱於山林，詩歌唱和時，又該是多麼的快意？

仙跡就是轉彎處露出的春芽

獨專山水樂，付與寧非天。

三百六十寺，幽尋遂窮年。

蘇軾晚年回憶西湖時，寫下了這首〈懷西湖寄晁美叔同年〉。

讀這首詩時，腳踏香泥、佛寺林立的幽景，撲面而至。

對現代人而言，佛也許只是那一縷青煙，從張愛玲的十二香爐中裊裊升起，從戴望舒的迷濛雨巷穿堂而過，飄盪在杜牧濃墨重彩的江南煙雨中。

佛的興盛，也許只有在宋代詩詞中才能切身感受。不管是在被塵沙漫卷的漢代，還是在被宏大話語囊括的唐朝，絕少有人能夠真正體悟佛學；唯有宋代文人，才有這份幽尋的細膩。

偏安江南的南宋，佛教的淡泊寧靜讓許多人尋得慰藉。在當時商業繁榮的背景下，佛教能為人們帶來與超脫凡塵的感覺，因此佛教在宋朝的興盛也就不足為奇，造就了寺廟遍布的景色；當然，這點除了因為信仰外，還要得益於文人的推廣，例如蘇軾。

蘇軾因前半生的官場起伏，後半生便與佛結緣，終日參悟佛法，與人討論佛學；而當時像蘇軾一樣的文人並不少，所以推廣佛法，已經成為當時的一種社會風氣。當時的人們透過學習佛理可以瞭解到：寰宇如此之大，並非僅僅是天地君臣而已，還有很多他們無法領會的奧秘。這就促使許多人對佛法產生興趣，夏元鼎便是其中重要的一員。

夏元鼎，字宗禹，南宋時期永嘉人，關於他的生平資料十分稀少，只能從一些零星的文獻上，查考出他愛好旅遊，且曾偶遇仙人傳授。夏元鼎自號雲峰散人、西城真人，一生強調自身修煉，屬南宗清修派。

細說這些，是為了能更好理解佛教在宋代的發展。夏元鼎能詞，著有《蓬萊鼓吹》一卷，書中所寫大多和佛法有關，而其中就有關於佛學清修的思想：

天上神仙路。問誰能、超凡入聖，平虛交付。三島十洲無限景，穩駕鸞輿鶴馭。更馴伏、木龍金虎。造化小兒真劇戲，煉陽精、要戴乾為父。須定力，似愚魯。三旬一遇交烏兔。便丹成、天長地久，桑田變否。四象五行攢簇處，全藉黃婆真土。無私授、人多胡做。堪嘆紅塵聲利客，向花朝月夕尋妝婦。應不解，乘槎去。

在上面這闋〈賀新郎〉中，夏元鼎講述自身修煉丹法，主張三教合一，認為煉丹是修行的一大要事；但同時也認為修煉不可強求，不能操之過急，不然會適得其反。而詞尾「堪嘆紅塵聲利客，向花朝月夕尋妝婦。應不解，乘槎去」，表明宋人在修煉過程中，所看重的並不單單是那成道的結果，而是修行過程。

如今，西方哲學和科學大行其道，對於虛妄的靈魂不滅等說辭，人們已不再有熱忱；但在夏元鼎的時代，因為對未來和時空不甚瞭解，能解釋萬事萬物的也只有唯心論了。夏元鼎自然也不能超越時代限制，在他尋師問道期間，參透出的理論倒也章剖句析、皆有灼見。南宋學者真德秀和他交往密切，稱夏元鼎所著「讀之使人煥然無疑」。

崆峒訪道至湘湖，萬卷詩書看轉愚。
踏破鐵鞋無覓處，得來全不費工夫。

上述是夏元鼎著名的七言絕句，也是他學道的真實感受。佛學流傳至今，他認為根本不必執著於書本上，而要放眼世界，才不會走入歧途、背離真相；而一心執著修煉未必就好，反而在適當的時候放棄，才會得到意想不到的效果——「踏破鐵鞋無覓處，得來全不費工夫」，風景也許就在那人生的轉彎處露出春芽。

這淺顯的情感隱藏在夏元鼎樸實的筆鋒下，從筆尖流淌成一闋回味無窮的詩詞。夏元鼎毫不做作，如同他尋師問道一般，在無華光景間就流露出了真性情，就像一種仙境，而夏元鼎這陣仙風不知道感染了多少人。

讀他的詞，就像在山頂吹著清冷微風，仙跡頓生，令人神清氣爽。在南宋不安定的社會下，怡然自得其實不只有夏元鼎，許多文人也有這樣淡泊清疏的詞句，但只有他能將這份情愫透過佛學，入木三分地描寫出來。人生或長或短，夏元鼎藉四季風光寫人生應當巧樂對待，認為尋道不需透過專一的坐禪，只要心中有道、心中有佛，即便一生流連四方，也是身處佛道之中。

這便是夏元鼎的人生哲學，他睿智地看到了人生的關鍵，於是隨緣棲身。佛真似那一股青煙。對於今天的芸芸眾生而言，也許並不需要佛學的指引；但讀這些詩詞，也會悟出一些簡單的道理。人生的長路上，許多時候都由不得自己選擇。正如夏元鼎所言「踏破鐵鞋無覓處，得來全不費工夫」，世事漫隨流水，風搖船動，船走人隨。俗事如同落入掌心的水滴，總是握不住，其實毋須過於執著，有時可以隨緣而安。

清淺時光裡旅行的意義

從旅行者的角度看，蘇軾是很多人的偶像，因為他幾乎走遍了宋朝的大地。

對比如今多數人，只是無數次沉湎於一場暢遊天下的夢，想像自己到了泰山，到了天涯海角，到了彩雲之南；同時在每週五下午，依舊疲憊地拖回一大包或生或熟的食物，而後以一種極其懶散的姿態，度過那一兩天毋須思考的假期。

渾渾噩噩地生活，從沒遠走一遭，只能在詩詞中跟隨游弋，感受山水有清音，月明照平沙。

山色横侵蘸暈霞，湘川風靜吐寒花。遠林屋散尚啼鴉。

夢到故園多少路，酒醒南望隔天涯。月明千里照平沙。

〈浣溪沙〉中表現的孤寂，荒涼了長長的黑夜；貶謫的辛酸，斑駁了的漫漫的書簡，這卻只是那長途旅行中短暫的一瞬。

在宋朝，京官最害怕的事就是宦遊——外放到地方任職。當時流傳著一個說法：有人去拜訪某京官，看門的說大人今天不在。此人批評道：「人死了才叫不在呢，你這下人真沒規矩，應該說我家大人出外辦事了。」看門的卻愁眉苦臉的回答：「我家主人寧死，也忌諱『出外』這兩個字！」

當地方官，就遠離了權力中樞，仕途黯淡，人也辛苦。按宋朝規矩，所有地方官員，兩三年就要調動，帶著家小跋涉到另一地。而古代交通不便，有些官員可能不幸在任上或途中病死，連累一家老小無法還鄉；更不走運的，被派去嶺南等荒蠻區域，消息一至舉家號啕。「宦遊」，聽起來很美，但也只是「聽起來」而已。

「宦遊」是宋代文學中舉足輕重的題材，被貶的官員只能憑藉文章抒發憤懣；而這尤以晚年進入官場的柳永為甚，走到哪都在抱怨，想家也想情人，寫出了「一葉扁舟輕帆卷，暫泊楚江南岸。」（〈迷神引〉）難怪皇帝不給他做官，且去填詞罷；王安石的「春風又綠江南岸，明月何時照我還」也是；當然，蘇軾也是。

蘇軾的每一闋詞都能引起共鳴，散發著一縷幽香，而這都是辛苦宦遊後的結晶，背後的艱辛在詞中只能「瞞，瞞，瞞。」

誰能比蘇軾的宦遊的更久、更遠？他選擇在一個乍暖還寒的時節，一個寂寞的黃昏上路。驟雨突治，風捲起地上的塵土，撲人臉面，雨打林葉聲聲作響。樹大招風是亙古不變的真理，無論新黨還是舊黨掌權，鋒芒畢露的蘇軾總是被打壓的對象，那「莫須有」之罪構築的烏台詩案，險些將其置於死地。

歷典八州，天南地北，從不停歇。蘇軾身行萬里半天下，他卻道「也無風雨也無晴」。

莫聽穿林打葉聲，何妨吟嘯且徐行。竹杖芒鞋輕勝馬，誰怕？一蓑煙雨任平生。

料峭春風吹酒醒，微冷，山頭斜照卻相迎。回首向來蕭瑟處，歸去，也無風雨也無晴。

那個下雨的山路上，匆匆

＊ 歲朝清供

忙忙的行人都在狼狽不堪地避雨，而蘇軾拄著一根竹杖，穿著他的芒鞋，氣定神閒地緩步。雨點密密打在他高大的身軀上，卻渾然不覺，蘇軾的曠達超脫成就了這闋〈定風波〉。

大江東去，浪淘盡，千古風流人物。故壘西邊，人道是，三國周郎赤壁。亂石穿空，驚濤拍岸，捲起千堆雪。江山如畫，一時多少豪傑！

遙想公瑾當年，小喬初嫁了，雄姿英發。羽扇綸巾，談笑間，檣櫓灰飛煙滅。故國神遊，多情應笑我，早生華髮。人生如夢，一尊還酹江月。

這闋〈念奴嬌．赤壁懷古〉，是蘇軾謫居黃州時所作，把宋詞婉約的基調，擴展到史詩的內容。站在凌雲山巔，陣陣勁風吹起他的長衫，他雙手按住眉骨遠遠望去，只見河流從遙遠的雪山一路奔來，匯聚在山角下，何其壯觀。長江滾滾，歷代英雄人物不都在這水中遠逝了嗎？歲月如梭，青絲滿頭也漸漸花白；人生如夢，我還是倒一杯酒，祭奠歷史英雄與江上明月吧！

無數南方的夜晚，讓所有的人都迷醉，蘇軾在月輝下沿河行走，誕生出多少傑作：兩千七百餘首詩，三百餘闋詞，八百餘封書信，冠蓋天下古今，再無出其右。

如此，蘇詞成為中國人的一種恆長的精神指標，我們吟誦他熾熱、真摯、執著的詩詞，品味他穿越時空的情感，在他獨有的清淺時光裡，追溯他宦遊的意義。

第七章 金戈鐵馬看佳話

煙雨之地，似乎注定不是雄心騰達的地方，春風美景、繁華街巷瀰漫的柔情足以軟化英雄的筋骨，恢復中土的希望似乎日漸渺茫。

軍歌異常響亮，將士摩拳擦掌，宋朝在這矛盾的演繹下在風雨中飄搖，時而揚起幾首蕩氣迴腸的悲歌，別是一種獨特的情味。

擷株秋葉，山高水長

我很崇拜一個宋朝人。

雖然他的故事沒有過度稱頌，但歷來他得到的評價都非常高，當朝的歐陽脩說他「一以自信，不擇利害為舍取」，堪為中國士大夫的楷模；南宋人說「本朝人物以他為第一」，宋儒形象自此以他為楷模；而宋以後的人，認為「宋亡，而他不亡」，讚頌他「雲山蒼蒼，江水泱泱，先生之風，山高水長」。

他就是范仲淹。

范先生真是入得了書房，上得了戰場。一代儒將身懸長劍，屯兵西北，抵抗西夏。那幾年裡，他親身體驗到了環境的惡劣，戰事的艱苦，士兵的惆悵和國家的飄搖，寫下了四首以「塞下秋來風景異」為開頭的詞作，而〈漁家傲〉是流傳下來的唯一的一闋。他一掃花間派柔靡無骨的詞風，開宋詞豪放派之先聲，表達了一代將軍之坦蕩胸襟。

塞下秋來風景異，衡陽雁去無留意，四面邊聲連角起。千嶂裡，長煙落日孤城閉。

濁酒一杯家萬里，燕然未勒歸無計，羌管悠悠霜滿地。人不寐，將軍白髮征夫淚。

翻開千年前北宋戍邊的畫卷，塞外秋風蕭瑟，寒風凜冽，南歸的大雁已無一點留戀，荒涼的邊塞帶著令人心悸的戰馬嘶鳴，混合著異域特有的少數民族的笳聲、歌聲、風沙聲，更有連連的號角，時時召喚軍中戰士躍向殺敵的疆場。偏又是在秋意融融的月圓之時，長期征戰的將士，背對孤煙落日的營盤，杯杯濁酒遙寄家鄉，情訴冷月。然強敵未滅，何以歸家？這樣的情感，其實在各個時期都能得見：大丈夫即使一腔柔情，也有踏破賀蘭山缺，不破胡虜誓不還的志向……

范仲淹藉秋意抒發情感之時，不僅有蒼涼含悲的豪放氣質，也有柔情清麗的一面。

> 碧雲天，黃葉地，秋色連波，波上寒煙翠。山映斜陽天接水，芳草無情，更在斜陽外。
>
> 黯鄉魂，追旅思，夜夜除非，好夢留人睡。明月樓高休獨倚，酒入愁腸，化作相思淚。

追尋范仲淹的成長歷程，可看到他襁褓喪父，因為家裡貧窮，母親不得不帶著他改嫁到一個姓朱的人家。但他少小勤奮，志存高遠，懷抱濟世的雄心，以天下為己任。有時候，讀書到深更半夜，實在倦得張不開眼，竟以冷水潑面，待倦意消失後繼續讀書；苦讀五六年後，終於在二十六歲那年中進士。他直言敢諫，在其後十餘年間，竟兩次被貶外地，備受煎熬，故既能體察民間疾苦，也明白背井離鄉的愁思。〈蘇幕遮〉這首清麗深情的詞，大概就是范仲淹患難下的心境吧。

詞人筆下的秋色如輕煙一樣的愁美，柔腸百結都傾於秋的畫卷。碧藍的天空浸染了飄浮的薄雲，紛紛揚揚的樹葉落在地上，鋪了秋黃一片，天地間的秋意與湖泊水波相銜，更有裊裊炊煙飄散在黃昏翠綠的水波間，使人覺著一絲清冷。這時的詞人，眺望著湖岸山上映著的夕陽餘暉，還有無際的遠水草地，正如自己的故鄉一般是那樣的遙不可及！

他內心的鄉愁忽然變的濃烈，才不覺吟出「芳草無情，更在斜陽外」的感慨，如何能不悲傷黯然？夜夜盼著能幽夢還鄉，否則只能獨倚月樓，借酒消愁，化作相思淚流了。

范仲淹不僅寫詩詞，他的散文也很有政治品味，為後世稱道；他既是文學家，也是政治家。為政期間，他力主改革，一心想掃除弊政。仁宗慶曆三年（公元一零四三年），他守疆有功，回朝任參知政事，面對宋仁宗的期待，對於國家的內憂外患，他毅然向宋仁宗呈上了著名的新政綱領〈答手詔條陳十事〉，提出了改革的十項主張，也就是後人所謂「慶曆新政」。

在宋仁宗的支持下，范仲淹終於有機會施展自己的政治抱負，可惜他與歐陽脩及其他良臣，未能在改革與守舊中取得平衡，最終倒在舊勢力的暗箭之下。歷時不到一年半的新政宣告失敗，范仲淹失去了皇帝的信任，被迫離開朝廷，被罷副相之位。

新政失敗，范仲淹未能在歷史上貢獻更顯著的功績，內心一定是蒼涼如秋的。

范仲淹情思深邃，所作或

＊ 灑去墨華凝作霧

細膩，或悲愴；若細心觀察，會發現他都以秋色作為寄託，名篇〈岳陽樓記〉即落筆於宋仁宗慶曆六年（公元一零四六年）九月十五日，而看著他在秋日揮灑胸中波濤萬丈的豪情，也不禁令人感慨萬千：

至若春和景明，波瀾不驚，上下天光，一碧萬頃；沙鷗翔集，錦鱗游泳；岸芷汀蘭，鬱鬱青青。而或長煙一空，皓月千里，浮光躍金，靜影沉璧，漁歌互答，此樂何極！登斯樓也，則有心曠神怡，寵辱偕忘，把酒臨風，其喜洋洋者矣……

范仲淹早年曾到過洞庭湖，那時隨繼父在澧州安鄉（今常德安鄉縣）讀書，他感嘆岳陽景色實在妙然，而最妙的就是那一望無際的洞庭湖水。遠銜青山，近吞長江，朝輝夕霧，氣象變化無端；而一別經年，如今再次想起，已是另一番滋味。

當時他在鄧州做知州，昔日好友滕子京派人送來一幅岳陽樓圖，告訴他已修葺該樓，並將歷代有關的讚揚詩賦，刻石附立，希望他為重修後的岳陽樓作記。范仲淹手執岳陽樓圖一覽，夾雜著當年與滕子京同中進士的歡欣，想起兩人共同參與修復泰州海堰工程的情景，想起在西北前線，兩人一同領兵抗擊西夏的往事，想起兩人如今一同被貶，一時百感交集，遂轉身進屋，鋪紙提筆……

岳陽樓自范仲淹筆下生輝，一座名樓由此崛起。要知道，慶曆六年（公元一零四六年）時的范仲淹，已是五十七八歲的老人了。「慶曆新政」的失敗，使范仲淹被貶出京都，一般人此時肯定是牢騷滿腹，得過且過，喝喝悶酒，抑或像某些做官的，沉醉在溫柔鄉裡，再不去努力些什麼；但范仲淹在上任後，卻四處察訪民間疾苦，勤政愛民，堪為百官表率。

仁人志士與凡夫俗子的不同之處，在於情感不會輕易地隨景而遷。飛黃騰達之日，他們不會得意忘形；遭厄受窮之時，也不致愁眉不展。假若身居高職，便能為民解憂；一旦流離江湖，他們仍惦著替君主分愁。

這就是他最讓人崇拜之處，一個有遠大政治抱負的人，他的胸懷之大，是「先天下之憂而憂，後天下之樂而樂」，〈岳陽樓記〉中這句百感交集的格言，像一陣風似地，傳誦到了千百年後的現在。

釋兵權，一壺酒開啟詩酒人生

《水滸傳》中，描述販酒的段落不勝枚舉。單說武松去快活林的路上一共十四五里，賣酒的就有十二三家，幾乎一里地就有一個酒店；而農村中酒店的密度尚且如此，就更別提大城市了。無論是「武松打虎」還是「快活林怒打蔣門神」以及「孫二娘十字坡開黑店」等，可謂是「無酒不成書」。

那一壺壺酒，道出一段段快意人生。

不過，宋初對酒管理嚴格，對釀酒的「酒麴」以及販酒有明確的規定。在五代的後漢，販賣酒麴者棄市；而後周時，數量達到五斤便處死。宋太祖趙匡胤於建隆二年（公元九六一年），放寬後周過於嚴峻的做法，規定「犯私曲至十五斤、以私酒入城至三斗者始處極刑」；而第二年，再立新規：「戶私造差定其罪：城郭二十斤、鄉閭三十斤棄市；民持私酒入京城五十里、西京及諸州城二十里者，至五斗處死。」此後政策一年比一年寬鬆，最後酒的管理也完全鬆弛；到了施耐庵的筆下，大宋處處釀酒，梁山好漢們更是個個好酒。這好漢們具體喝過多少酒，沒有統計過，但估計也夠半個水泊了。好漢們好酒，與大宋朝廷的重酒有密切的關係。

那一杯杯酒停在宋朝，不曾涼卻，且來飲盡此杯；只有一杯酒，誰都不想去嘗，因為它的代價太高，曾有幾個人且乾且醉，手握的兵權就沒了。

自古都是功高震主，權大不測，因此都難逃「鳥盡弓藏，兔死狗烹」的命運。而春秋戰國時的范蠡是何等明智，功成身退，泛舟湖上，從此世間多了一個陶朱公；而文種何悲，因難捨富貴，最終自刎而死。過河拆橋的方式有太多刀光劍影、殘暴血腥，難免為後世詬病。然而，宋太祖趙匡胤卻僅以一杯酒，手不血刃將親信的兵權收歸己有，並未重演其他朝代開國的悲劇，真是高明之至。

建隆二年（公元九六一年）七月初九的晚朝，趙匡胤和石守信等幾位禁軍將領歡聚。酒酣耳熱之際，在這祥和的氛圍中，趙匡胤突然摒退眾侍，長嘆了一口氣：「若無諸位相助，朕哪裡能有今日的地位呢？只是做皇帝實在不易，朕是夜不能寐啊！」眾人駭然，忙問原因。趙匡胤說：「朕現在的這把椅子誰不想坐呢？」大家惶然倒地磕頭：「如今天命已定，誰敢生異心？」趙匡胤搖搖頭：「不然，你們雖無異心，但若你們的部下想要謀求富貴，將黃袍披在你們身上，那時你們恐怕也就身不由己了吧？」將領們這才明白原來這是場鴻門宴，不由嚇的魂飛魄散。趙匡胤又緩緩說道：「人生在世，不過白駒過隙，所謂富貴，不過多聚錢財，披及子孫。依我之見，不如辭去軍職，還鄉置良田美宅，夜夜歡歌。朕與你們以此杯相約，從此君臣無嫌，上下相安，豈不美哉？」說著，舉起手中的杯子：「願聽從的，不妨與朕飲了這杯酒。」跪在地上的將領這才戰戰兢兢地爬起來，舉起了酒杯。

這大概是中國歷史上最為昂貴的美酒了，第二日，石守信等人紛紛上表請求解職，宋太祖欣然應允。一杯酒，很瀟灑地解決了軍權問題，真有那種「談笑間，檣櫓灰飛煙滅」的感覺。

解甲歸田的大將當然都去享受生活了，日日宴會喝酒，而人生如酒，一杯開胃，再杯解千愁。

趙匡胤對軍隊有所猜疑，是因為他自己就是從一個軍隊將領，一躍成為帝王。宋建隆元年（公元九六零年），契丹北漢發兵南下，當時的殿前都點檢、歸德軍節度使趙匡胤被遣禦敵，大軍在大梁（河南開封）東北四十里的陳橋驛安營紮寨。黎明時，他的部下把準備好的黃袍披在他身上，擁戴他為皇帝。而消滅了契丹大軍後，趙匡胤便以皇帝的身分返回大梁，石守信等人打開城門接應。很快，周恭帝退位，開啟了趙宋王朝的百年盛事，這就是歷史上有名的

「陳橋兵變」。

宋儒邵堯夫有一首詩這樣說：

> 紛紛五代亂離間，一旦雲開復見天。草木百年新雨露，車書萬里舊江山。尋常巷陌陳羅綺，幾處樓台奏管弦。人樂太平無事日，鶯花無限日高眠。

百姓在亂世中得到的這一天子，如重見天日，受惠其仁政，眼前四海昇平，宇內繁榮。

但這天子也有後怕。其實，最熱心於「釋兵權」的並非趙匡胤，而是宰相趙普，他曾經多次暗示宋太祖將領的危險性。趙匡胤曾信誓旦旦地說：「我待他們恩重如山，他們怎會背叛我？」趙普道：「後周皇帝柴榮同樣待你不薄，為何如今由你坐上了皇位？石守信等人能管住自己，但是如果他的部下把黃袍披在了他們身上，他們縱然不想叛變，也會被推波助瀾。」宋太祖這才決定要把兵權收歸中央。

但宋太祖並不想殺他們，一來這些將領都是他的結拜兄弟，於人情不通；二來會弄得人心惶惶，怕他們窮寇反撲；三則有失民心。因此和趙普反覆磋商之後，才定下了杯酒釋兵權之計。

那麼趙普又何以如此熱心此事呢？一是，他具有政治家的遠見卓識；再則，「陳橋兵變」後，石守信等人很快擢升為禁軍統領，而作為「陳橋兵變」的主要策劃者——趙普，卻是在太祖相繼罷免後周宰相范質、王浦、魏仁浦三人之後，才提升為相，當中有安撫舊臣的考慮；而更重要的是，宋太祖此時對文臣並不重視，趙普自然要為改變自身地位而努力。只是他沒想到改變的不僅僅是自己的命運，還有此後幾朝知識分子的地位。

杯酒釋兵權比較理性地解決了皇帝與開國功臣的矛盾，維持了宋初的穩定。而此後，軍隊職務也多由文人擔任，重文輕武成為宋朝的標誌；知識分子的地位前所未有地高，士大夫在宋朝的舞台上揮下濃重的一筆：唐宋八大家中，就有六位出自宋朝。文人士子在朝堂上縱談天下，整個王朝瀰漫著濃郁的書卷氣；但與之鮮明對比，抗敵救國的武將卻總是不被重用，如將軍狄青求馬革裹屍而不得，最終因猜忌鬱鬱而終。

宋朝就如同嬌嫩的花蕾，美麗芬芳，卻經不起風雨的摧殘；它創造出璀璨的文化的同時，也成為一個積貧積弱的國家，而這竟然都因為一杯美酒。

宋朝的重酒風氣一日賽過一日，喝多了就成了一種民情風俗。這些小杯、大碗酒水，與文人雅士相伴，才有了浪漫的文化，也才有了醉人的詩酒人生。

看那湖上綿綿細雨，在烏篷船裡喝一壺美酒，詩人米芾與三兩舊友促膝長談，「玉尖彈動琵琶。問香醪飲麼」（〈醉天平〉），還喝酒不喝酒？

或如詞人趙長卿與友人抵足而眠，醒後「白酒已篘浮蟻熟，黃雞未老　頭肥。問儂不醉待何時」（〈浣沙溪．初冬〉），酒已煮好，雞已燉好，此時不醉更待何時？這一醉可消十年舊夢。

今人如你我，如何能不羨慕這樣的人生快意？

駕長車嘆息，將心事付於流年

在百姓的記憶裡，北宋亡國後一片狼藉，金兵所到之處，生靈塗炭；汴京百姓無以為食，將城中樹葉、貓犬吃盡後，就以餓莩為食；再加上疫病流行，餓死、病死者不計其數。都城開封如此，中原百姓更是在金兵的鐵蹄下哭號。如此慘烈的災難，給宋人留下了難以治癒的傷痛，也成為南宋志士奮發圖強的精神動力。

男兒欲作健，結伴不須多。鷂子經天飛，群雀兩向波。

雄健的鷂鷹一飛沖天，怯懦的群雀如水波躲向兩側，當時眾多男子敢於前線殺敵，非常感奮人心。如北朝民歌〈企喻歌〉中的男兒形象，岳飛就是如此。

只是武將們生在南宋，即使有一腔血灑疆場的豪情，終究難逃抱憾終生的結局。

「公卿有黨排宗澤，帷幄無人用岳飛。遺老不應知此恨，亦逢漢節解沾衣。」

陸放翁寫詩痛斥南宋投降派的勾當，為岳飛哀惋嘆息。

紹興十一年（公元一一四二年）十二月二十九日，大地發出了震耳欲聾的吼嘯，一代名將岳飛冤死於風波亭。天下人無不痛哭流淚，臨安百姓更是悲苦萬分，他們透過各種悼念活動，表達對高宗和奸臣秦檜的強烈怨恨。

那闋蕩氣迴腸的〈滿江紅〉，任何時候讀來，都能把人帶回那個山河碎裂的時代，再現岳武穆面對鐵蹄蹂躪家國時的滿腔憤慨。國家興亡，匹夫有責，即使白了鬢髮，也要衝鋒陷陣，復我萬里河山。精忠報國，一個永遠鐫刻在英雄脊背的諄諄教誨，即使跨越了千年，在歷史的任何一個經緯點上，依然擲地有聲！

英雄的稱呼來自一顆赤膽忠心，還有令金兵如臨大敵的旗號「岳家軍」。當年的中興四人：李綱、宗澤、岳飛和吳玠都力圖北伐，但從戰績和受百姓愛戴的兩方面看，岳飛最出色。

岳飛在戰場上主要做了三件大事：平定李成等流寇、鎮壓楊么等農民起義軍、抗擊金兵。而反擊金兵是他從一個農家少年入伍後，不斷追求的最高夢想。幾次交鋒，金兀朮不僅無法抵禦，而且次次都一敗塗地，讓金兵慨嘆「撼山易，撼岳家軍難」。

這支所向披靡的軍隊能達到這樣的高度，有兩個法寶：首先是岳飛的調教，其次是軍隊的作風。如何把軍隊和百姓緊密的牽繫在一起，岳飛悟到了精髓，不像南宋其他軍隊，沒上戰場就上床，天天想著搶女人，飽食終日。

岳家軍做到了不費群眾的一針一線，「凍死不拆屋，餓死不劫擄」；他們平時居住在軍營中，很少有出外遊逛的士兵；在行軍途中，則「夜宿民戶外，民開門納之，莫敢先入。晨起去，草葦無亂者」。為民而戰，又不擾民，岳飛的軍隊保護了廣大人民的根本利益。趙構也看到了這一點，因此在獎勵岳飛的許多詔令當中，幾乎每一次都稱讚他治軍有法、紀律嚴明，這是一支軍隊最感人的地方，也最讓敵人害怕的力量。

人民的力量是偉大的，而在國家面臨危難的時刻，岳家軍與百姓一同抗金。岳飛對自發的民間抗金組織頗為重視，除了體恤百姓，團結百姓的力量則是岳飛的另一個高明之處，「聯結河朔」的軍事思想就證明了這一點。

帶兵打仗的人，要是天天沉浸在戰術研究和《孫子兵法》的文字牢籠裡，頂多能打幾個勝仗；但聯結不同力量抗擊敵人，就到了另外一個境界，前者是戰術，後者是策略，岳飛能成就一段軍事傳奇的關鍵就在這裡。

不少學者毫不吝惜地評價，推崇岳飛是南宋出類拔萃的名將，在中國古代軍事史上有著相當高的地位，若又同其他朝代名將相比，考慮到宋朝文官政治下根深蒂固的抑武傳統，其成就更是難能可貴。

＊一簾幽夢

即使在種種不利形勢下，岳飛從未退縮。只是一聲嘆息，將心事付於流年。河山未收復，我怎敢退縮？

> 昨夜寒蛩不住鳴，驚回千里夢，已三更。起來獨自繞階行，人悄悄，簾外月籠明。
>
> 白首為功名，舊山松竹老，阻歸程。欲將心事付瑤琴，知音少，弦斷有誰聽。

此刻，霧靄漸濃，岳飛的身影逐漸迷離，一壺淡酒，伴著更鼓到天明。虜猷未滅，壯志未酬，往事就像夢一樣出現在腦海裡。戰馬長嘶，岳家軍所向披靡，但現在陪伴他的只有窗外屋檐下的蟋蟀聲，還有山嶺上陣陣的松濤。他終於明白收拾舊河山的理想破滅，悲傷、淒涼了起來。於是，岳飛便感慨寫下這一闋〈小重山〉。

後來，南宋朝廷的主和派占了上風，以岳飛為主的主戰派，大多數也倒向了秦檜之流，成了保全自己的勢利小人。所以岳飛感嘆知音少，就像伯牙和鐘子期，仰天長嘆：弦已斷，有誰聽！

再後來，那個秦檜怕岳飛東山再起，索性以「莫須有」的罪名，使岳飛魂斷風波亭，而岳飛遇難時年僅三十九歲。

三十九歲，實在是太短暫了；三十九歲，正是人生黃金時期，精力充沛，有很多事等著他去做；三十九歲，人生從而立之年走向不惑之年，生命就走向了完結，可悲又可嘆！

如此看來，也不難理解荊湖北路的尋常人家，在岳飛被害之後，不顧招惹禍患的危險，家家戶戶都畫了岳飛像在家供奉。一個國家、一個民族處於危難時刻，總需要有人挺身而出，去拯救搖搖欲墜的江山，使生靈免遭塗炭。時勢呼喚這樣的英雄，急盼他們勇敢地站在歷史的轉折點上力挽狂瀾。

他們的出現是家國之幸，但不是每一個時代，每一個當權者都能珍惜橫空出世的英雄，從而逆轉頹勢，重振國威。歷史不能假設，也無法重來，有時候英雄的出現，注定了是一場悲劇的誕生。當我們回過頭揭開歷史的面紗，但見烽火狼煙中的豪情萬丈，高風亮節掩映蒼穹。南宋詞人劉過有一闋〈六州歌頭〉，為岳飛扼腕嘆息：

中興諸將，誰是萬人敵？身草莽，人雖死，氣填膺，尚如生。年少起河朔，弓兩石，劍三尺，定襄漢，開虢洛，洗洞庭。北望帝京。狡兔依然在，良犬先烹。

人生也許就是一場戰爭，也許肆意揮霍、堅守理想，才叫青春，才叫活過。

怒髮衝冠，憑欄處，瀟瀟雨歇。抬望眼，仰天長嘯，壯懷激烈。三十功名塵與土，八千里路雲和月。莫等閒，白了少年頭，空悲切！

靖康恥，猶未雪，臣子恨，何時滅？駕長車，踏破賀蘭山缺。壯志饑餐胡虜肉，笑談渴飲匈奴血。待從頭，收拾舊山河，朝天闕！

從「三十年功名塵與土，八千里路雲和月」，不難看出岳飛高風亮節的人格特質。每當讀這首詞，一個高尚的岳飛形象佇立在眼前，當中原大地慘遭外來侵略者的蹂躪，人民飽受戰爭的創傷痛苦時，岳飛只是把功名看成「塵與土」。這闋〈滿江紅〉慷慨激昂，流傳至今，非但沒有被歷史的塵埃湮滅，反而在歷經歲月的洗禮後更加熠熠生輝，使更多人寧願相信，那個岳飛依然的活著。

他在賀蘭山上，駕起長車馳騁疆場，身懸長劍又英武瀟灑，他的眉宇與胸襟看見的是血腥的沙場，是盼望收回的河山。

英雄暮歌，年月瑣碎

騎毛驢，攜二三小童，繫一酒壺，繞西湖徐行，清風拂柳，湖面波瀾不驚；幾口濁酒入喉，醉意和著江南的暖春，在斜陽的餘暉裡，泛紅了往昔……

人生之浪漫莫過於此，想必文人墨客都想擁有此等閒情逸致。誰能不羨慕濁酒一杯，輕遊西湖的生活？可是此情境中，主角暮色下的生活情趣，對他身分的卻是莫大諷刺。任誰常常泛遊西湖，飽覽江南景緻，都不奇怪；但若是一個軍人，一個依然有氣力縱橫沙場、笑傲群英的將士，誰又能理解閒遊的箇中滋味？此人正是赫赫有名的南宋大將韓世忠。

而在這之前，建炎四年（公元一一三零年）那場戰役後，豪邁的〈滿江紅〉依然歷歷在目：

萬里長江，淘不盡、壯懷秋色，漫說道、秦宮漢帳，瑤台銀闕。長劍倚天氛霧外，寶弓掛日煙塵側！向星辰、拍袖整乾坤，難消歇。

龍虎嘯，風雲泣，千古恨，憑誰說。對山河耿耿，淚沾襟血。汴水夜吹羌笛管笛，鸞輿步老遼陽月。把唾壺擊碎，問蟾蜍，圓何缺？

當年，金人再度來犯，從黃州和採石磯兩處渡江，直逼臨安。宋高宗逃至越州，韓世忠留守秀州。建炎四年元宵，金兀朮對韓世忠下戰帖，相約隔日開戰。韓世忠聽從夫人梁紅玉的計策，把宋軍兵分兩路，以中軍搖旗為號，進行包圍截殺，結果金軍大敗。

造化弄人的是，幾年後，馬換成了驢，血染的戰場歸為一方平靜的湖面，手上無劍，唯有酒壺。在軍人眼裡，坦率而為、耿直行事才是最暢快的。而正是因為他在岳飛不測後，說了句打抱不平的痛快話，才落得如此光景：

「『莫須有』三字何以服天下！」

在滿朝文武無人敢為岳飛說情時，他當面質問秦檜。朋友勸他不要與秦檜作對，他的回答無所畏懼：

「畏禍苟同，他日有何面目見先帝於地下！」

韓世忠也是堅決的主戰派，反對朝廷與金議和，多次上疏彈劾奸相誤國。他不畏強權的勇氣，就連不認同他戰績的王曾瑜也不得不佩服：「韓世忠堅決反對屈辱和議，足可稱道！」

因為屢次進犯主和派，韓世忠終於被解除了兵權。自此他閉門謝客，在家讀書，絕不言兵。

在南宋，韓世忠是中興四將之一，四將中岳飛光環最大，最具傳奇色彩。而韓世忠的功勞也不小，黃天蕩和大儀鎮的戰績使他威名遠颺，他的耿耿忠心同樣是毋庸置疑的。在戲曲《雙烈記》中有一段他與妻子梁紅玉的對白：

> 韓世忠：夫人啊。都只為金兵入寇神州陷，戎馬倥傯二十年。日常總隨鐵甲伴，曉來常倚馬鞍眠。我與你，離時多會時少，只常別不常見。十月寒霜六月天，秋去春來年復年。才覺得，改卻三分少年氣，轉眼鬢絲白髮添。

梁紅玉：恨煞金虜起狼煙，家國多難遭兵燹。好男兒，胸懸金印腰懸劍，理該把乾坤旋。說什麼離多會少，道什麼白髮新添。只須思，落鬢莫使等閒白，空嗟嘆老了紅顏。為情白頭人笑痴，為國白頭人敬羨。相公啊，熬過了十月寒霜三伏天，患難夫妻要齊向前。

韓世忠：時聽你金玉良言，常使我精神爽健。今夜晚牢龍計定，但願得一舉凱旋，迎二聖靖康恥雪，復神州河山莊嚴。怎求得解甲歸田，安享些太平閒年？

儘管經過藝術加工的作品，有一定的虛構成分，但韓世忠為國為民的精

＊荷

神，天地可鑑，否則何以「只為金兵入寇神州陷，戎馬倥傯二十年」，其一腔熱血，人盡皆知；不僅如此，妻子梁紅玉還與他一起上戰場。在黃天蕩一戰中，梁紅玉與韓世忠並肩指揮作戰，與全軍將士同生共死，在戰鬥最激烈的時刻，她在金山親自執桴擂鼓，打退金兵每一次的進攻，這就是流傳千古的「梁紅玉擊鼓退金兵」。梁紅玉雖然先前為生活所迫淪落煙花，但她不似青樓裡的嬌顏粉腮，大有巾幗不讓鬚眉的豪情，在戰場上，似水柔情化作了鏗鏘的力量。

治軍上，韓世忠也能與士卒同甘苦，這點和岳飛相像。對待士兵，仗義疏財，歷年所得賞賜都分給了部下，田產都分給了封邑裡的百姓。韓世忠無須與岳飛一較高下，即使他被放在任何一個朝代，同樣是不可缺少的英雄豪傑。

宋朝是個特殊的王朝，它不缺少能征善戰的大將，但無法供給他們能發揮的舞台。從繁華的汴京到富庶的臨安，整個王朝日趨孱弱，鶯歌燕舞、柳巷煙花的事業並沒有因北宋的滅亡而有所收斂。高宗一朝沉迷在酒色裡，而看大將們一個個無法善終，就知曉他根本沒有收拾舊山河的意思。宣和元年（公元一一一九年），宗澤反對朝廷聯結女真征契丹，被貶提舉鴻慶宮，上表引退；紹興十一年（公元一一四二年），岳飛屈死風波亭；第二年，韓世忠被解除兵權，歸隱杭州；張浚也遭到排擠，被迫離開朝廷。

可憐南宋朝廷，只剩下貶殺大將的本事了，抗擊外侮的勇氣沒有，斫殺良臣倒是得心應手。杭州靈岩山的韓世忠墓碑上所書「中興佐命定國元勛之碑」，不過是給後人看的冠冕堂皇。

軍人從來不喜歡用幾個大字來囊括功績，太過蒼白；而敵人的鮮血則比那幾個孤單的字更能映照他們的一生。

韓世忠的境遇是南宋朝廷的另外一個縮影，岳飛的死是典型的悲劇，韓世忠的歸隱則是非典型的無奈。他們代表了宋代軍人的兩種不同結局，而在南宋滅亡的走向上其實都是殊途同歸。紹興二十一年（公元一一五一年），韓世忠帶著憂鬱離開了這個不值得留戀的王朝，英雄暮歌的背後，隱約可看見宋室王朝的幾絲蒼涼。

醉裡挑燈看劍，一場鏡花水月

到了南國的辛棄疾很愛喝酒，而醉之後的風變的很輕。

南方人們講著他聽不懂的話，這裡的女孩很柔，比北方女孩嫵媚百倍；這裡一切都與家鄉不同，舉手投足間都有一種風情萬種，所以大家都紙醉金迷，直把杭州作汴州。

喝醉的時候，辛棄疾還記得他率領五十多人追擊叛徒、襲擊金營的事情，他講給好友陳亮聽，說當時身邊的士兵剛將敵人挑落馬下，還沒來得及歡呼就被身後的弩箭射倒。每個人身上的戰甲早已破碎不堪，鮮血將白色的襯裡染紅，讓人分不清哪裡是血跡，哪裡是戰袍本色。弓弦已斷，刀劍已鈍，但每個人的臉上都有刀刻般的堅毅；而就是這種堅毅，讓他們將叛徒張安國擒拿回建康，交給南宋朝廷處決。

不同於同時代的愛國詩人陸游，辛棄疾作為一個具有才幹的政治家，曾有很高的政治地位，對抗金復國，也不像陸游全部出於一腔熱情；作為一個英雄豪傑式的人物，他的個性要比陸游強烈得多，他的思想也不像陸游那樣儒家似的純正。辛棄疾的理想不但反映了民族的共同心願，也反映了一個英雄之士渴望在歷史大舞台上自我實現。

這與他的生活有關。辛棄疾出生時，北方已淪陷於女真人之手很長一段時間，他的祖父辛贊還在金國任職，但一直希望有機會「投釁而起，以紓君父所不共戴天之憤」，常常帶著辛棄疾「登高望遠，指畫山河」，同時也目睹漢人在外族統治下所受的屈辱痛苦。這一切使他在青少年時代，就立下了恢復中原、報國雪恥的志向；而另一方面，正由於辛棄疾在北方長大，他也較少受到儒家的薰染，因此在他身上，有一種燕趙奇士的俠義之氣。

年少氣盛才會有那番情懷，那份為情愁的離懷。宋紹興三十一年（公元一一六一年），金主完顏亮大舉南侵，二十二歲的辛棄疾便聚眾兩千多人樹起抗金大旗。不久，他率部歸耿京義軍，力勸耿京歸宋，以圖恢復中原。宋紹興三十二年（公元一一六二年），辛棄疾奉命南渡，聯繫義軍的歸宋問題。在他完成使命歸來的途中，聽說耿京被叛徒張安國所殺，而張安國已經率部投金。辛棄疾憤怒之餘，率領五十餘名騎兵，奇襲金營，生擒叛徒張安國，這一驚人的勇敢舉動，使他名重一時。歸宋之後，高宗任命他為江陰簽判，從此開始了他在南宋的仕宦生涯。

然而在南方，辛棄疾很快認識到了朝廷的怯懦畏縮，一腔熱血頓時化作了哀愁。初來南方，高宗讚許他的英勇行為；不久後即位的宋孝宗，也一度表現出想要恢復失地、報仇雪恥的銳氣，所以辛棄疾熱情洋溢地寫了不少有關北伐的建議，如〈美芹十論〉、〈九議〉等，這些文章都深受南宋人民稱讚，被廣為傳誦，更讓他熱血沸騰。

但已不願意再起烽煙的朝廷卻反應冷淡，只是對辛棄疾的才幹感興趣，於是先後把他派到江西、湖北等地擔任轉運使、安撫使一類重要的地方官職，去治理荒政、整頓治安。而這顯然與辛棄疾的理想不相符。

歲月流逝，人生短暫卻壯志難酬，英雄詞人的內心也越感壓抑痛苦。

這就是殘酷的現實。辛棄疾雖有出色的才幹、身體力行的能力，但他豪邁倔強的性格和執著北伐的熱情，卻使他難以在畏縮圓滑、嫉賢妒能的官場上立足，而他也意識到自己「剛拙自信，年來不為眾人所容」，所以早已做好了歸隱的準備，並在江西上饒修建了園榭，以便離職後定居。

更能消幾番風雨，匆匆春又歸去。惜春常怕花開早，何況落紅無數。春且住，見說道，天涯芳草無歸路。怨春不語，算只有殷勤，畫檐蛛網，盡日惹飛絮。

長門事，準擬佳期又誤。蛾眉曾有人妒。千金縱買相如賦，脈脈此情誰訴？君莫舞，君不見，玉環飛燕皆塵土。閒愁最苦，休去倚危欄，斜陽正在，煙柳斷腸處。

南宋江山是垂暮的春天，而辛棄疾寧做一張檐間蛛網，終日網羅天上的飛絮，挽留春的氣息，但春是否能理解他？「千金縱買相如賦，脈脈此情誰訴？」三月間，辛棄疾從湖北調往湖南，依然無法光復北地，使他不禁在踐行宴上徒生感傷，和著殘春落花，千古絕唱〈摸魚兒〉就此汩汩流出。

這首絕妙好詞風行一時，孝宗皇帝也讀了，而詞中暗指「皇天昏昏」之語讓孝宗大為不滿。恰好此時的丞相與辛棄疾政見不合，尤對懷恨其主戰的態度，便指使諫官彈劾辛棄疾「貪兇殘暴」、「用錢如泥沙，殺人如草芥」。對於這些莫須有的罪名，孝宗不加審核就予以認定，將辛棄疾削職為民，辛棄疾在江西上饒修建的園樹在此派上了用場。

明月別枝驚鵲，清風半夜鳴蟬。稻花香裡說豐年，聽取蛙聲一片。七八個星天外，兩三點雨山前。舊時茅店社林邊，路轉溪橋忽見。

多麼美麗的夏夜，月白風清。在這闋〈西江月．夜行黃沙道中〉中，寧靜的鄉村原野，莊稼欣欣向榮，可以預見到豐收的美景。時有蟬鳴蛙聲，調皮的夜雨也不多，只有兩三點。沿路左轉而又右轉，轉過小路與橋頭，蔥綠的樹林躍然眼前，舊日茅屋依然在，仔細想想，已經好久沒前來了。輕快的節奏，詩意的內容，令人嚮往鄉居生活。

其實，以辛棄疾的性情，這闋詞又何嘗不是反問？反問當權者為何不重用自己，反問自己該如何面對時光匆匆。在這變幻的人生裡，歲月也許是最高明的小偷，偷走了自己最初的夢想，也偷走了自己曾經的滿腔熱血。

在辛棄疾的閒居歲月裡，同樣得不到重用的陳亮將軍經常來看他。二人志趣相投，詞風相近，滿腹的救國抱負不能實現，只有喝醉了酒，方能萬事皆休。

喝醉後，二人便開始談戰事，談理想，後來開始填詞：

醉裡挑燈看劍，夢迴吹角連營。八百里分麾下炙，五十弦翻塞外聲，沙場秋點兵。

馬作的盧飛快，弓如霹靂弦驚。了卻君王天下事，贏得生前身後名。可憐白髮生！

想當年，是多麼的意氣風發，認為只要一路向北，便能收復半壁河山；然而任武器再精良，每一次沒有退路的衝鋒，換來的卻是無人喝彩的落幕。

可憐白髮生，結局都是白月光般不能言說的傷。識盡家國愁滋味，種種感受交織，只能化為悲愴灑滿天空。當年那個為賦新詞強說愁的少年，如今已兩鬢微霜，從愛上層樓到如今見一葉而知秋，時間教會了他很多東西。作為一個熱血男兒、一個風雲人物，在春秋鼎盛的壯年被迫離開政治舞台，誰都難以忍受。

但即使屢遭排擠，辛棄疾仍舊關心家國命運，依然嚮往恢復大業，批判投降的苟且勢力，以實現自己的英雄志向。

但天意往往是這樣造化弄人。開禧三年（公元一二零七年）的秋天，朝廷來了詔命，請他再度任職。

原本六十八歲的辛棄疾已經臥病在床、力不從心了，但他在聽完詔書後，心又劇烈地跳動了起來。

「殺賊！殺賊！殺賊！」

他策馬舞劍喊了起來。在吶喊聲中，他的心已隨著不羈的思緒飛越千山萬水、踏盡關山疊嶂。建功立業的希冀還在，醉臥沙場的熱血未涼，而他將自己從軍報國的壯志、金戈鐵馬的雄姿，留在宋詞之中，成為這世間最為豪情的詩詞。

國家圖書館出版品預行編目（CIP）資料

歸來最美的宋詞：煙花詞酒華年裡，滿園風流關不住 / 李顏壘 著 . -- 第一版 . -- 臺北市
: 崧燁文化發行 , 2020.1
面； 公分
978-986-516-273-3(平裝)

833.5 108020476

書　　名：歸來最美的宋詞：煙花詞酒華年裡，滿園風流關不住
作　　者：李顏壘 著
責任編輯：簡敬容

發 行 人：黃振庭
出 版 者：崧燁文化事業有限公司
發 行 者：清文華泉事業有限公司
E-mail：sonbookservice@gmail.com
粉 絲 頁：https://www.facebook.com/sonbookss/
網　　址：https://sonbook.net/
地　　址：台北市中正區重慶南路一段六十一號八樓 815 室
Rm. 815, 8F., No.61, Sec. 1, Chongqing S. Rd., Zhongzheng Dist., Taipei City 100, Taiwan (R.O.C)
電　　話：(02)2370-3310　傳　　真：(02) 2388-1990

定　　價：300 元
發行日期：2020 年 1 月第一版